JN166993

お直し処猫庵
お困りの貴方へ肉球貸します

尼野ゆたか

富士見L文庫

もくじ

一章　店長の猫っ毛シルエットストラップ

下田由奈《しもだゆな》には苦手なことが沢山ある。運動（投げる走る跳ぶレベルでダメ）、料理（野菜の皮を綺麗《きれい》に剝《む》くのさえ無理）、スマホのスクリーンショット保存（音量ボタンと電源ボタンの同時押しにすぐ失敗する）など多岐にわたるが、中でも一番苦手なのは「話すこと」だ。

小さい頃からの口下手で、少人数だろうと多人数だろうと一対一だろうと上手《うま》く喋《しゃべ》ることができない。タイミング、発声、話している最中の視線――ありとあらゆる要素でダメなのだ。仮に全国会話能力選手権みたいなものがあったとしたら、書類選考の時点で失格になってそもそも出場できないだろう。

プログラマという職種が存在する時代に生を受けたのは、由奈にとって実に幸運だった。少なくとも作業中は、人と会話することがほとんどないからだ。

無論、年がら年中無言でいいわけでもない。顧客《クライアント》との打ち合わせやら上司への確認やら、身も心もすり減るような場面もしばしば存在する。しかしまあ、それは社会で生きていく上で必要最低限支払わなければならない代償なのだろう。

さて、こんな由奈だが実は彼氏がいたりする。そう、彼氏である。自分でも驚きだ。

名前は、井川克哉《いがわかつや》。由奈と違って社交的なタイプだ。しかも仕事は営業。どれだけの人と話せるかが重要な職種である。どれだけ人と話さずに済ませるか考えて生きている由奈からすると、異次元的な存在だといえる。

果たして、由奈はそんな相手とどう付き合っているのか。次元の違いを、どうやって乗り越えているのか。

「でさあ、向こうの人がすげえ俺のこと気に入っちゃったみたいでさ」

「そうなんだ」

「子供の勉強見てくれ、とかさ。今度家族旅行に一緒に来るか、とかさ。もうほとんど身内扱いになっちゃったわけよ」

「わあ、すごいね！」

こうやって、である。

「そういうの、俺ら世代は『公私混同だ』みたいに言ってNGな人が多いけど、俺は余裕だし。で、上司も『でかした』ってなって、何かと俺に相談するようになったんだ」

「うんうん」

相槌《あいづち》に注力し、聞き役に徹するのだ。別に克哉が相手の時に限ったことではなく、会話をする必要が生まれた時には大体いつもこうしているのだが。

この「戦法」を編み出したのは、中学一年生の球技大会の時の話だ。ナンタラ部のだれそれくんが格好いいみたいな話で盛り上がるという場面で、どうにもこうにもついていけないので頷《うなず》いてばかりいたら、それだけで割合受け入れられたのである。由奈は、首を上下に振る行為を通じて「クラスメイトA」という立ち位置を見出《みいだ》したのだ。

以降、由奈は高校生A・浪人生A・大学生Aを経て会社員Aになるという経歴を歩んだ。由奈が家族以外で本音を話した相手は、本当に数えるほどしかいない。

「正直、そういう『人の懐に入るテクニック』みたいなもんには自信があったけどさ。ここまで上手くいくとは思わなかったな。自分で自分にびっくりするね」

「さすがだね！」

なんにせよそんなわけで、人の話を聞いている分にはぼろが出ないようになった。

「まあ、これも第一歩だけどね。俺は会社に褒められる営業で終わるつもりはないし」

「上を目指すんだね」

言葉数は少なく。新しい何かを提示せず、相手が言ったことをそのままなぞる。声色でメリハリとアクセントをつけ、流れ作業だという印象を相手に与えないようにするのだ。

「そう、上を目指すんだ。どんどんいくよ」

克哉は機嫌よく話を続ける。由奈の「戦法」は今日も上手くいっているということだ。

由奈は、自分の前の皿に目をやった。大振りの海老《えび》や鮮やかな色合いのシシトウ、食べやすい大きさの南瓜《カボチャ》などが、黄金の輝きを放つ衣を身に纏《まと》っている——すなわち天ぷらだ。

二人がいるのは、天ぷら店だった。克哉おすすめのお店で、接待に使うこともあるらしい。確かに、畳敷きで個室という落ち着いた雰囲気は商談的なものにも持ってこいだろう。

シシトウと海老をかわして、南瓜を一口食べてみる。さっくりした衣の食感に続いて、とろりと南瓜の甘みが流れだしてくる。おいしい。食べ物をわざわざ小麦粉でくるんで油の中に放り込む、その意味がどこにあるのかということがよく分かる。

食事はいつも、克哉おすすめの店である。さすが人と会ったり食事したりするのが仕事の一環なだけあって、克哉のチョイスに外れはない。任せておけば万事安定なのだ。

「やっぱ起業かなあ。でもなあ、このご時世であんまりハイリスクな選択も——」

克哉が何か言いかけたところで、ぶーっぶぶという振動音が割り込んだ。由奈のスマートフォンである。ご飯の写真を撮って、そのままテーブルの端に置いていたのだ。

由奈はスマートフォンを手に取り、鞄《かばん》にしまおうとする。克哉は自分が喋っている最中に邪魔が入ることをあまり好まない。スマホをさわりながら聞くみたいなのは尚更《なおさら》だ。

「そう言えばさあ」

克哉が口を開いた。はっとして様子を窺《うかが》う。別にへそを曲げてはいないようだ。ほっとした由奈がスマートフォンをしまう動作を再開したところで、克哉は言葉を続ける。

「そのストラップ、やめた方が良くない？　子供っぽいよ」

自分でも驚くほど、ショックだった。その場は何とか取り繕ったが、内心凄《すご》く動揺した。

由奈がスマートフォンにつけているストラップは、一つだけ。猫の手の形をしたストラップだ。小指くらいのサイズで、肉球部分を触るとぷにぷにしている。

まあ、確かに子供っぽい。やはり、克哉の言う通りにした方がいいかもしれない。

つきあい始めてからというもの、由奈は何事につけ克哉の意見なり意思なりに合わせてきた。克哉は頭が良いし、センスもある。由奈が自分で考えて行動するより、克哉に決めてもらった方が大抵いい結果になるからだ。

——だけど。今回に限っては、なぜかとても抵抗があった。どうにも、ストラップを外したくなかったのだ。理由は、さっぱり分からないのだけれど。

それから一週間ほど経った、ある日。由奈は有休を取った。何か用事があったというわけではなく、ただタイミングが回ってきたから取っただけのことである。

大した動機もなしに取った休みだから、大して目的もない。誰かと話すことさえない。平日なので克哉は仕事だし、ほかの（数少ない）友人たちも同様なのだ。

ではつまらないかというと、そんなことはない。むしろ、解放感に近いものがある。その浮き立つような感覚に誘われるようにして、由奈は散歩に出かけた。

由奈のマンションがあるのは、住宅街の一角。平日の昼間には人は少なく、のんびり歩ける。もうしばらくしたら学校帰りの小中高生が現れるので、その前には帰るつもりだ。子供に物珍しげに見られるのは、ちょっと気が引ける。

誰に会うわけでもないので、身だしなみは最低限。シャツに上着にジーンズ、足下なんてクロックスだ。

春先の陽光が、ぽかぽかと暖かい。まさしく散歩日和で、良い気分である。仕事も性格もインドアな由奈だが、別に外に出るのが嫌いなわけではない。

「お」

四《よ》つ辻《つじ》を気まぐれに曲がってみると、梅の木に出くわした。民家の庭からにょきっと伸びて、清楚《せいそ》な花を付けている。春の花というと判で押したように桜・桜・桜だが、中々どうして梅のこの落ち着いた雰囲気も悪くない。

写真を撮ろうと、由奈はスマートフォンを取り出した。ゆらゆらとストラップが揺れる。

『そのストラップ、やめた方が良くない？　子供っぽいよ』

克哉の声が蘇《よみがえ》ってきた。いい加減思い返したくもないのに、勝手に再生されるのだ。

本当に、どうしてしまったんだろう。克哉があれこれ言ってくるのはいつものことだし、それに由奈が合わせるのもいつものことなのに——

「えっ」

――ふと。考え込む由奈の目の前を、何かが横切った。一抱えくらいの大きさで、四本足で。毛が生えていて、温かく柔らかそうな生き物。

「猫だ」

由奈はぽつりと呟《つぶや》く。そう、猫である。耳と頭は黒く、眉間《みけん》のあたりから下は漢字の『八』の字を描くような形で白い。ハチワレと呼ばれるタイプの模様だ。

猫はちらりと由奈の方を見てきた。黄色とも黄土色ともつかない色合いの目。瞳孔《どうこう》は、明るい日差しを受けて縦に細まっている。

視線が合う。瞬間、鮮烈に蘇ってくるのは――ある一つの思い出だ。

――中学生になったばかりの頃。（数少ない）幼馴染《おさななじ》みたちとは別のクラスになり、しかし必殺のクラスメイトA戦法を編み出してもおらず、由奈の人生においてもトップクラスに悩み多かった時期の話だ。

一人で寂しく下校していた由奈の前に、一匹の猫が現れた。模様はハチワレだったが、黒い部分はもう少し灰色がかっていたはずだ。

猫は最初、由奈を見るなり「来ちゃイヤにゃ」と逃げてばかりだった。しかし、給食のパンを材料に交渉した結果、態度は「しかたないにゃー」と触らせてくれるほど軟化した。

『それでね、みんなアイドルの話ばっかりなの。わたしも詳しくならないとダメかなあ』

民家の塀に乗った猫を撫《な》でながら、由奈はその日の愚痴を語ったものだった。猫は明後日《あさって》の方を向いてあくびをするばかりで、話を聞いている態度ではなかったが、それでも随分と癒《い》やされた。幼馴染みたちは新しいクラスメイトとの付き合いで忙しそうだし、家族に相談すれば心配される。由奈にとって、猫だけが気兼ねなく話せる相手だったのだ。

やがて、球技大会をきっかけに編み出した「戦法」で、由奈は心の平静を手に入れた。ほぼ同時に、猫は姿を消した。上手く過ごせてるよ、という報告はできなかった。

球技大会は夏休みよりも前だったはずだから、猫と喋っていたのは短い間だった。けれど、由奈の心に強い印象を残した。それまで別に猫は好きでも嫌いでもなかった由奈だったが、以降熱烈な猫派になってしまったのだった――


記憶の奔流に押し流されている由奈を一瞥《いちべつ》すると、猫はぷいっと顔を逸《そ》らして去っていった。はっと我に返り、由奈はその後を追う。

猫は、ちらちら由奈の方を振り返りながら歩く。逃げるでもなく、待つでもなく。近づけば離れ、離れれば立ち止まり。常に一定の距離を保ちながら、とことこ由奈の前を行く。どうにも追い付けそうにない。由奈はスマートフォンを構える。せめて、写真だけでも撮ろうと思ったのだ。

猫が向かったのは、近所にある公園だった。由奈は反射的に警戒する。この公園では、余生を健康に過ごしたいタイプのお年寄りがやたら時間を掛けて散歩していたり、日常をSNSで共有したいタイプの大学生が空やら草やらを一眼レフで撮影していたりする。そういう人たちは割と気軽に話しかけてくるため、由奈にとっては大変厄介なのだ。

「――よし」

公園の中に入るなり、由奈はにんまりとした。誰もいないのだ。安心して、猫撮影に勤《いそ》しむことができる。

猫は尻尾《しっぽ》を立てて、なおも歩く。誰もいない公園を、我が物顔で見て回る。

その間、由奈は幾度も写真を撮ったが、全て失敗だった。スクリーンショットを撮影することさえ下手な由奈であるからして、動き回る猫の姿を捉《とら》えることもまた困難なのだ。

猫は公園を巡回すると、公園の端にある植え込みの陰へと移動した。これだけ広い空間があるのに、わざわざこんな隅っこに落ち着くあたりがいかにも猫らしい。

猫は、そこでよっこらせと座り込んだ。足を折り畳んで体の下に敷く、いわゆる香箱座りだ。猫がリラックスしている時にするとされる姿勢である。チャンスだ。

由奈は、植え込みに体が触れないよう気をつけながら（音がしたら逃げられてしまう）、猫へと近づいた。

「じっとしててね。動いちゃだめだよ」

小声で言いながら、由奈は猫との距離を少しずつ詰める。深めの中腰で、腕を伸ばしてスマートフォンを向けるという姿勢のまま、徐々に接近する。

「あっ」

――これは、明らかに由奈の失敗だった。会話の苦手さにばかり意識が向きがちだが、由奈には他にも苦手なものがある。運動だ。

運動が苦手ということは、すなわち「自らの身体を操る能力が著しく低い」ということである。これは何も、ボールを投げたりダンスを踊ったりするのが不得意なだけに限らない。しゃがんだ状態で少しずつ移動する、みたいな動作も下手なのだ。

「いだっ」

要するに、由奈はバランスを崩し前に向かって転んだ。両膝《りょうひざ》を突き、続いて両手を地面にどしゃっと投げ出す。完成したのは土下座の亜種みたいな姿勢だ。

一方猫は、由奈の何百倍も素早い動きで立ち上がり、そのままぱっと駆けていった。

「まっ、待って」

などと声を掛けて止まってくれるわけもない。あっという間に猫はいなくなり、後に残されたのは植え込みに向かって平伏する由奈だけであった。ああ、大失敗だ。

哀しみに打ちひしがれながら、由奈は立ち上がる。膝はジーンズのおかげで無事だし、手もそう痛くはない。地面に叩《たた》き付けるような形になったスマートフォンも、問題なく動作している。画面にひびの類《たぐい》が入っているということもないし、大丈夫なようだ——

「ん？」

ふとした、違和感。由奈は、改めてスマートフォンを見る。どうもいつもと違う。何かが足りない。何かが欠けている——

「——あっ」

由奈は気づいた。ストラップだ。本体がない。紐《ひも》と、紐の先端についた輪っか状の金具が、頼りなげにぶら下がっているだけである。

慌てて辺りを見回すが、見つからない。最後にあったのは——多分、鞄《かばん》から出した時だ。気が遠くなる。猫を追いかけているうちに落としたらしい。見つけられるのか。——いや違う。地面を睨《にら》みつけながら、由奈は歩き始める。見つけられるか、見つけられないかではない。見つけるのだ。

「あったっ」

拍子抜けするほどすぐに、本体は見つかった。先ほどよけた植え込みに、突き刺さっていたのだ。よかった。由奈は心底ほっとする。

本体を手に取る。植え込みの横を通った時に引っ掛けたか何かして、金具が外れてしまったのだろう。

本体側の金具は、アクセサリの留め金なんかによく使われているものだ。小さな突起がついていて、そこを押し下げると金具の一部が開いて別の金具を引っ掛けられるようになるアレである。

由奈は早速、ぽちっと出ている箇所を押し下げた。すると金具の一部が――開かない。

「あれ？」

何度やっても、金具は反応しない。散々押し下げ続けて、遂《つい》に由奈は諦《あきら》めた。どうやら、金具は壊れてしまったようだ。

散歩を続ける気力は、もう残っていなかった。

由奈はうつむき、とぼとぼと歩く。ああ、無意義な休日だった。いや、無なら差し引きゼロだからまだいい。実際のところはマイナスだ。ストラップが壊れた分、心理的な面で大赤字なのである。

前向きな解釈を試みてみよう。――素晴らしい！　もうこれで、克哉にどうこう言われる心配はない。今度克哉と会ったときには、言えばいいのである。「ストラップ切れちゃった」と。「ちょうどいいから、もう付けるのやめたよ」と。よし、問題解決だ！

「――ううん」

そう考えるのも嫌だった。一体どうしたのか。自分で自分が理解できない――

「ならぬ！　ならぬぞ！」

答えの出ない悩みと向き合う由奈の耳に、そんな叫びが飛び込んできた。低くかつ張りがある、男性の声だ。豊富な人生経験によって磨かれたことが窺《うかが》える響きである。

気になって、周囲を見回す。「ならぬ」などという、現代日本の路上でまず耳にすることのないような言い回しが、何とも気になったのだ。

声の主らしき人は、見つからない。代わりに由奈の目を惹《ひ》いたのが、一軒のお店だった。

茶色の扉、その左側にショーウインドー。ショーウインドーの中には、ハンドメイドっぽい鞄《かばん》やアクセサリ、春物の服などが陳列されている。取り立てて変わったお店ではない。

では何が由奈の興味を引きつけたのかというと、店の前に置かれている看板だった。おしゃれなランチを出すカフェが使うような、立てるタイプのあれだ。

看板には、店の名前が書かれていた。「猫庵《ねこあん》」。そう、猫である。この文字だけで条件反射が起こる。更に言うと、庵の字のはねている部分が猫の尻尾になっていたりして、とても気が利いている。

店の名前の下には、「なんでもお直しします」と書かれていた。「換毛期割」なるサービスもあるらしい。普通に考えると謎だが、猫好きからするとそこもときめきポイント――いや、待てよ。なんでも、お直し？

由奈は、鞄からストラップを取り出した。壊れてしまった金具を見つめる。「なんでも」というのなら、こういうものも直してもらえるのだろうか。

考え込んでいると、また低音ボイスが響いてきた。

「ええい、離せ！」

「離せ、離さぬか！」

店の中からだ。爆音で時代劇でも観ているのだろうか。それとも、戦国時代からタイムスリップしてきた侍が現代人と鉢合わせして大騒ぎにでもなっているのか。

自分の想像に、由奈は思わず苦笑してしまう。そんな展開、今時漫画やラノベでも中々お目にかかれないだろう。

「このうつけが！」

扉が開き、中から一匹の猫が出てきた。焦げ茶とも灰色とも付かないくすんだ色合いの毛に、黒の縞《しま》模様。いわゆるキジトラだ。顎《あご》の下、胸の辺りの毛がふさふさしているところは、メインクーンという猫っぽくもあった。

瞳《ひとみ》は、不思議な色をしている。金色とも茶色とも違う、夕日に照らされた海の水面《みなも》のような色だ。

「もはやこれまで！」

猫は、立っている。——そう、立っている。後ろ足で立ち上がり、二足歩行しているのだ。

「かくなる上は、兵法の真髄を見せてくれよう」

猫の口から、張りのある低音ボイスが飛び出した。由奈は苦笑した表情のまま、その場に固まった。猫が？　立ち上がって歩いて？　人間の言葉を喋《しゃべ》っている？

「三十六計逃げるに如《し》かず、である」

猫は扉を閉めると、すたこらと走りだした。勿論《もちろん》、後ろ足で立ったままだ。腕を振り、ももを上げる、人間の走り方である。

由奈は啞然《あぜん》とする。何だこれは。時をかけるサムライの方がまだ現実的だ。

「あっ、店長。出て行っちゃダメですよっ」

声がして、扉が開く。顔を出したのは、一人の青年だった。エプロンを着け、手にはブラシを持っている。

「えい」

店から出てくると、青年は猫を捕まえた。この猫の全力疾走は、猫とは到底思えないほどに遅く、青年は小走り程度で追いついたのだった。

「営業時間中に店を空けるなんて、店長失格ですよ」

青年は一生懸命走る猫の両脇を摑《つか》み、そのままひょいっと抱え上げる。

「ぬう。猪口才《ちょこざい》な」

猫はもがくが、まったく逃れられない。猫の柔軟さなら、ぐいっと体を折り曲げ後ろ足で蹴《け》りを入れるくらいのことは簡単にできる。しかしこの猫は体が硬いのかそれとも鈍くさいのか、足をじたばたさせるのがやっとのようである。

「はい、それじゃ戻って改めて――ん？」

青年が、由奈の存在に気づいた様子を見せた。

「あ、もしかして何かお直しですか？　今なら換毛期割で、とってもお得ですよ」

そして、猫ごと由奈に向き直ってくる。

「うむ。猫の手を、貸してやろう」

抱え上げられた姿勢のまま、猫が偉そうに言った。

――こういう時、つい「はい」と答えてしまうのが由奈の駄目なところだ。


「猫庵」のインテリアは、一言で言うなら和風喫茶店といった趣だった。

右側の壁沿いには、四人がけのテーブルが縦に二つ並んでいる。テーブルも椅子も木製で、深い茶色の色合いが落ち着いた雰囲気を感じさせる。テーブル同士はパーティションで区切られており、そのパーティションは竹のような素材でできていた。

反対側は、手前にスペースがあり、その奥にカウンターという作りになっていた。カウンターも、テーブル席と同じ色で揃えられている。カウンターの上には、差し掛けられるようにして大きな赤い和傘が開いていた。

カウンターの後ろの壁には、棚が取り付けられている。棚には、雑多なものが並んでいた。ミシン、カリブの海賊が使うような望遠鏡、ＡＩスピーカー、なぜか刀らしきものまである。他の部分は方向性が統一されているのに、ここだけやたらとバラエティ豊かだ。

「どうぞ、お掛けください」

青年が、カウンターの椅子を引いて勧めてきた。

「ありがとうございます」

慌てて会釈を返すと、由奈は椅子に腰掛ける。

椅子の座面は、さっきの猫のような縞模様のクッションになっていた。腰を下ろしてみると、柔らかくて座り心地がいい。背もたれは低めだが、しっかりと体を支えてくれる。

「よっと」

隣の椅子に、あの猫が座ってきた。由奈と同じように、お尻《しり》を座面に置く形で腰を下ろしている。この椅子は人間だけではなく、猫も座れるように設計されているようだ。ってそんなはずない。

「どうした、小娘」

愕然《がくぜん》とする由奈に、猫が訊《たず》ねてきた。相変わらずの渋いオジサマ声だ。

「驚いてるんですよ。偉そうに喋る猫なんてまず見かけませんからね」

二人の後ろを通りながら、青年が言う。

「偉そうにとはなんだ。童《わっぱ》の方がよほど偉そうではないか。弟子の分際で生意気な」

振り返りながら、猫は怒った。前足でカウンターをぱんぱん叩いている。怒っているところ悪いのだが、正直可愛い。

「僕は童じゃありません」

青年はそう言い返すと、店の奥まで歩いた。カウンターは、奥の方で扉のような形になっている。

「お飲み物用意しますね」

その「扉」を押し開けてカウンターの中に入ると、青年は由奈に微笑みかけてきた。

「折角ですから、店長の話し相手になってあげてください」

「その店長というのはやめぬか。わしは庵主《あんしゅ》だと言うておるだろう」

猫が苦々しげに口を挟む。

「それじゃお客さんが分からないですよ。現代的な言葉じゃないです」

猫の指摘を適当に受け流すと、青年はあれこれと作業を始めた。

「けしからん。何が『現代的な言葉じゃないです』だ。茶の湯の道とは、流行《はや》り廃りに媚《こ》びることではない」

忌々しそうに言うと、猫は前足を器用に交差させ腕組みのような姿勢を取った。やはり可愛い。お尻の下に敷いた尻尾《しっぽ》が、不満げにぱたぱた動く。それも可愛い。

実に素晴らしい光景だが、とても現実のものとは思えない。由奈は考える。実は、転んだ時激しく頭を打ってしまったのではないのか。これは夢であり、本当の自分はスマホ片手に公園で気絶しっぱなしなのではないか。

「で、小娘。何が壊れてしまったのだ」

店長――アンシュとは何なのかよく分からないのでそう呼ぶことにする――が訊ねてきた。目下のところ一番破壊されているのは常識と現実感なのだが、そういうことを聞いているわけでもあるまい。

「ええと、それは」

鞄に手を入れ、ストラップを取り出す。

「これ、なんですけど」

「ふむ。見せてみよ」

組んでいた前足を解くと、店長はその一方を差し出してきた。

「はあ、はい」

戸惑いながら、由奈は店長にストラップを渡す。

「ふむふむ」

ストラップを受け取ると、店長はまじまじと見つめ始めた。

「なるほどな」

やがて店長はうむと頷《うなず》き、青年の方を向く。

「童。倉庫にカニカンがあっただろう。持ってこい。あと、ヤットコもだ」

「ええっ、今から豆を挽《ひ》くところなのに。自分でやってくださいよ」

店長の指示に、青年は不満げな返事を投げ返した。

「口答えするでない。これも修業である」

店長が、ストラップを持っていない方の前足でカウンターをぺしぺし叩《たた》く。

「はいはい。弟子使いが荒いなあ」

青年はぶつくさ言いながら、カウンターの奥へと歩いて行った。突き当たりにはドアがあり、青年はそれを開けて外へ出ていく。

「まったく、口答えばかり達者になりおって」

店長は、ふんと鼻を鳴らした。

そのやり取りを、由奈はただ眺めるばかりだった。本当を言えば、聞きたいことは沢山ある。なぜ、猫なのに喋ることができるのか。青年は、なぜ猫が喋ることを普通に受け入れているのか。弟子って、どういうことなのか。

しかし、まったく切り出せない。何しろ人間とお喋りするのも下手なのである。人間以外と会話するなんてどう考えても不可能——

「なんだ小娘。言いたいことがあるなら言ってみろ」

いきなり、店長が横目で由奈を見てきた。

「えっ」

由奈は動揺する。この猫、話すことができるだけではなく人の心も読めたりするのか。

「何をそんなに驚く。お主の顔を見ておれば、考えていることなど大体分かるわ」

唇の端を上げるようにして、店長が笑う。本来はかなり皮肉っぽい表情なのだろうが、何しろ猫なので可愛く見えてしまう。

「これもさあびすというヤツだ。ほれ、話してみい」

店長が促してきた。

「えっと」

そう言われても、困ってしまう。由奈の頭の中で、無数の疑問が入り乱れる。どれについて訊ねればいいのか。

「ほれ、ほれ」

店長はどんどん急《せ》かしてくる。

「カニカン、持ってきましたよ」

ドアが開いて、青年が戻ってきた。何を言われたわけでもないのに、余計にプレッシャーが高まる。

「あの、その」

由奈の混乱は遂《つい》に頂点に達し、

「猫庵《ねこあん》って、どういうお店なんですか？」

口からそんな質問が飛びだした。これが一番聞きたかったことなのかと言われると、そうでもない。福引きのガラガラみたいなものだ。ぐるぐる回っていた中身が、ランダムに一つぽろりと出てきたのである。

「ぶっ」

瞬間、青年が吹き出した。

「いやあ、またですね店長。だから言ったじゃないですか、無理があるって」

笑いながら、青年は店長の頭をぺしぺし叩く。

「うむ、むむむ」

店長は、ひどく不満そうに呻《うめ》いた。

「えっと、その。わたし、なんか変なこと聞きました？」

由奈は戸惑う。割と当然な疑問なはずだ。外の看板には「お直し」云々《うんぬん》と書かれていたのに、入ってみるとカウンターがあって、和カフェ感が醸し出されていたり猫が喋《しゃべ》ったりしている。不思議に思うのが自然ではないだろうか。

「いえいえ。店長がご不満なのは、店の名前なんですよ」

なおも笑いながら、青年が言う。

「猫庵《ねこあん》じゃないんです、この店。実はあれ、猫庵《にゃあん》って読むんですよ」

「にゃあん」

オウム返ししてしまう。これはまさかの読みだ。そうくるとは思わなかった。

「ええい、ひょうげてみたのに分からぬとは。まったく」

何やら、店長がぷりぷりと怒る。

「ヒョーゲルってなんでしたっけ？　ドイツか何かの貴族ですか？　ヒョーゲル男爵的な」

「そんなわけがないだろう！　剽《ひょう》げるというのは、すなわちおどけて冗談をいうことだ！　すまほで調べてみい、すまほで！」

二人の掛け合いから総合してみるに、猫庵《にゃあん》という名前は店長のユーモアセンスに基づいて命名されたものであるらしい。ぷんぷん怒っている店長には悪いが、心の中で一言。初見でそれは無理です。

「そもそも、どんな店かという質問もないものだ。外の看板にしっかり書いてあるだろう」

カウンターに頰杖《ほおづえ》をつきながら、店長がぶつくさ言った。

「いやあ、分かんないでしょ。お直しって言われても、中々ぴんと来ませんよ。――さて、お湯が沸きましたね。もうすぐですよ」

青年が、コーヒー豆を挽き始めた。素敵な匂いが立ち上る。ふわりとした、どこかドキドキするような香りだ。

由奈は、改めて青年のことを観察する。少しくせのある髪の毛に、切れ長の瞳《ひとみ》。細めの体つきを、春物のシャツと猫が描かれたエプロンに包んでいる。喋る猫のインパクトで気づいていなかったが、これは相当の男前《イケメン》である。

「はい、どうぞ」

青年が、由奈と店長の前にコーヒーカップを置いた。由奈が見とれている間に、淹《い》れてくれていたらしい。

「ふむ」

店長はコーヒーカップを手に取り、顔の前まで持っていった。

「まあまあだな。少しは上達したか。違和感のない香りを出せるようになってきておる」

店長がコーヒーを評価する。由奈に言わせれば違和感だらけである。猫が前足でコーヒーカップを持つのも奇妙だし、そもそも猫がコーヒーの香りを楽しむという行為自体が自然の摂理に反している。猫の嗅覚《きゅうかく》は人間の何十万倍とも言われているのだ。挽き立ての豆で淹れたコーヒーなど、匂いが強烈すぎて嗅《か》いでいられないはずである。

「どうぞ、召し上がってください」

由奈が困惑していると、青年がコーヒーを勧めてきた。

「あ、はい」

慌てて、由奈はコーヒーに口を付ける。間近で流れ込んでくるふくよかな香り、そして口から入り込んでくるコーヒーの味わい――

「――うぶっ」

由奈はむせた。このコーヒー、ブラックだ。由奈には飲めないものがいくつかある。ビール、生姜《しょうが》湯、そしてブラックコーヒーである。苦いとか辛いとか、そういう刺激を舌に強いる味覚が苦手なのだ。

「うつけめが」

店長が、青年を見て鼻を鳴らした。

「相手にふさわしい飲み物を、心当てて――すなわち推測して出すのが茶の湯の道であるぞ。まだまだだな」

「すいません。ブラック、お好きかなと思ったんですが」

青年が謝ってくる。

「いえ、いえそんな」

ブラックが似合う大人と思われたのを喜ぶべきか、ブラックなんて苦くて飲めないおこちゃま味覚がバレたことを恥ずべきか。そんな難しい問いに由奈が直面していると、

「しばし待つがよい」

店長が椅子から降りて歩き出した。先ほどの青年と同じルートを通ってカウンターの中に入り、その姿は見えなくなる。

「よっと」

何かの台に乗ったのか、店長がカウンターの向こうからひょこっと顔を出す。

「ほれ」

両手を万歳の状態に掲げ、上にお盆を載せている。持ち上げることに成功したウェイトリフティングの選手か、さもなくばサザエさんのオープニングで果物の中から出てくる時のタマみたいな姿勢だ。

「これを食べよ」

店長が、お盆をカウンターの上に置く。お盆には、お菓子が載っていた。

お菓子は掌《てのひら》サイズの長方形で、一つ一つが個包装されている。それぞれの袋は赤地に金色の模様があしらわれていて、中央には「バ成タ」と書かれている。どういう意味だろう。

「バターサンドですね」

お菓子を見た青年が、なるほどというように頷く。

「バターサンド？」

由奈は目をぱちくりさせた。あまりお菓子には詳しくないのだ。由奈にとって、お菓子とはスーパーで買うか休み明けにお土産でもらうものでしかない。

「正確には、マルセイバターサンド。北海道のお菓子会社である六花亭《ろっかてい》の主力商品だ。北海道土産の定番でもある」

店長が、説明してくれた。言われてみると、成の字は円で囲われている。これがマルセイで、両脇のバとタはバターということなようだ。

「どういうお菓子かは、食べてみるとよく分かるぞ」

そう言って、店長は両の前足を腰に当てた。

「あ、はい」

言われるがままに、由奈はお菓子を手に取った。

「あれ？」

そして、由奈は戸惑う。どこから開ければいいのだろう。

「後ろですよ」

それに気づいたのか、青年が教えてくれた。

「後ろですか」

ひっくり返すと、裏に切れ目がある。破ってみると、手先が無器用な由奈でも簡単に開けられた。

中から出てきたのは、名前の通りのサンドだった。とは言っても、いわゆるサンドイッチの類《たぐい》ではない。挟んでいるのは食パンではなく茶色のビスケットであり、挟まっているのは卵ではなく白っぽいクリーム的な何かだ。クリーム的な何かの中には、濃い紫色の何かが入り交じっている。

手触りはややしっとり気味。みっちり詰まっていて中々重量感がある。由奈は、そっとかじってみた。

手触り通りの柔らかい食感。ビスケットといっても、ポケットを叩くと増殖するようなパキパキした感じではなく、もっとホクホクしている。

続いて、中に挟まれているものが染みだしてきた。バターの風味を漂わせた実に濃厚な甘みが、あっという間に口の中に広がっていく。なんだこれは——素晴らしい！

もう一口かじる。濃い紫色のものが、バタークリームと手を携えて乗り込んできた。あ、これはレーズンだ。輪郭のはっきりしたまったく違うタイプの味わいが、新しいハーモニーを生み出し舌をとろかしていく。

もう一口、もう一口。そうこうしているうちに、バターサンドはなくなってしまった。

「おいしいですか？」

青年が微笑みながら聞いてくる。

「はい、おいしいです！」

中学生の英語の教科書みたいなやり取りである。「アーユートム？」「イェス、アイアムトム」という感じのあれだ。しかし致し方ない。あまりに美味《おい》しすぎて、語彙《ごい》がまるごと吹っ飛んでしまったのだ。一個では止まらない。もっと味わいたくなる。

「まだまだある。食べるとよいぞ」

前足でお盆を押して、店長が勧めてくれる。

「そういえば、こういうお菓子を作ってるお店って他にもありますよね」

青年が顎《あご》に指を当ててそう言うと、店長が頷《うなず》く。

「有名なのは小川軒《おがわけん》だな。小川軒は暖簾《のれん》分けなどでいくつかの店舗に分かれていて、それぞれ名前も味わいも異なっている。食べ比べるのも楽しいぞ」

こんなに素敵なものが他にもあるなんて。お菓子って凄《すご》い。胸を打たれながら、由奈はバターサンドを食べまくる。

「そう焦るな。そろそろコーヒーを飲んでみよ」

店長が、そんなことを言ってきた。

「えっ」

由奈は怯《ひる》む。折角お菓子でほわほわしているのに、無骨なブラックコーヒーの侵入を許さねばならないのか。

「物は試しだ。やってみい」

店長が重ねて勧めてくる。仕方なしに、由奈はコーヒーに口を付けてみた。

「――あ」

甘み一色だった口の中に加わる、ほろ苦さ。ずっと苦手だったはずの刺激が、まったく違う横顔を見せてくる。

美味である。

「おいしい」

生まれて初めての経験だ。ブラックコーヒーが、

「何事も調和だ。各々の特徴というのは、交じり合えば新しいものを生み出す」

そう言うと、店長はバターサンドを手に取って包装を剝《は》がし、由奈に差し出してくれた。猫の手でできる作業ではないはずだが、店長は軽々とこなしている。

「なるほど」

ありがたく頂きつつ、由奈は頷く。甘いものでたっぷりになった口の中に苦いコーヒーを含んだ時、それはただ苦いだけではなくなるということなのだろう。甘みと苦み、両極端な味わいが新しい境地をもたらすのだ。

「さて、修理に取りかかるとするか」

店長が、由奈のストラップと外れてしまった紐《ひも》とを並べてカウンターに置いた。

「やっと店長のお喋りタイムが終わりましたね。すいません、お付き合い頂いて」

お菓子の包装を片付けながら、青年が笑う。

「いえ、そんな。面白かったです」

由奈は手を振った。社交辞令ではない。実際に、店長の話は興味深かった。何か、とても大切なことを言われたような気がする。

「よかったですね、店長。優しいお客さんで」

「やかましい」

青年がからかうと、店長はぷいっとそっぽを向いた。

「減らず口はいいから、カニカンとヤットコをよこせ」

「はいはい」

青年は、カウンターの向こうから小さなビニール袋を取り出した。ビニール袋の中には、更に小さなものが沢山入っている。

「まず、カニカンですね」

それは、由奈が壊してしまった金具だった。ぽちっとした突起を押し下げると開く、あの部品である。名前があるとは知らなかった。

「こういうのって、手芸屋さん行ったらバラ売りされてるんですよ。百均にもあるかな」

まじまじと見る由奈の視線に気づいたか、青年が説明してくれる。

「ちなみにカニカンっていうのは、形が蟹《かに》のハサミに似てるからなんですよ」

「なるほど」

由奈は頷いた。言われてみると、確かにそんな雰囲気がある。

「で、こちらがヤットコですね。平ヤットコという種類のものです」

続けて青年が取り出したのは、ペンチを小さくしたような道具だ。おそらく、ペンチよりも細かい作業に向いているのだろう。

青年は、カニカンの袋とヤットコを店長の前に置いた。

「どうぞ」

「うむ」

店長は重々しく頷くと、まずストラップ本体とヤットコを手にする。――そこからの流れは、実に滑らかだった。

ヤットコを使って、本体の金具から壊れたカニカンを取り外し、新しいものと交換する。続けて新しいカニカンの突起を押し下げ、紐の先端に付いている輪っか状の金具を通す。

「よし、完了だ」

通し終えると、店長はそう言った。

「すごい」

思わず、感嘆の声が出てしまう。

手順で言うと二つ三つだし、（由奈が言うのも何だが）そんなに難しいことをしているわけでもない。

圧倒的なのは、その手際の良さだ。無駄なく、手早く、丁寧。一流の板前の包丁さばきにも通じる、徹底的に磨き上げられた滑らかさである。

「まあ、この程度の修繕は赤子の手を捻《ひね》るより容易《たやす》いわ」

店長が、両の前足を腰に当てて胸を反らす。

「そうですか？　店長と人間の赤ちゃんが戦ったら店長の方が捻られそうですけど」

えっへん、みたいな感じの店長に、青年がすかさずおちょくりを入れた。

「なにー！　武士《もののふ》に対して何たる侮辱！　童、そこになおれ！」

「なおりません。店長はお直ししててください」

わあわあと騒いでいる一人と一匹はさておいて、由奈は自分のスマホとストラップとを眺めていた。これで元通りだ。なのに——気持ちが晴れない。

『そのストラップ、やめた方が良くない？　子供っぽいよ』

克哉の言葉が蘇《よみがえ》る。ああ、そうだった。ストラップが直ってもダメなのだ。この一言が由奈の気持ちを錨《いかり》のように固定して、どこへも行かせてくれないのだ——

「お主、何をふさぎ込んでおる」

いきなり店長に声を掛けられ、由奈ははっと顔を上げる。

「なんだ、仕上がりが気にいらんのか」

いつの間にか、また店長は由奈の隣の椅子に座っていた。つぶらな瞳《ひとみ》で、由奈とスマートフォンとを見比べている。

「いえ、違います。そうじゃないです」

「ではなんだ」

店長はなおも聞いてくる。しかし、どう答えればいいのか分からない。由奈はうつむく。

いつものパターンだ。自己主張ができなくて、第一何を主張したいのかがよく分からなくて、そもそも主張したい何かがあるかもはっきりしなくて、ただ黙っている。相手は持てあますか、自分のしたいようにするかの二択になる。そんなパターン。

「ふむ」

――しかし。今回は、違っていた。

「言うておくがな、女。『何を言いたいか分からない、と言いたい』『言いたいことがあるのかないのかわからない、と言いたい』というのも立派な『言いたいこと』なのだぞ」

胸の奥を、どんっと突かれたような感覚。

「どう、して」

動転する。なぜ、店長は由奈の心の中が分かったのか。

「ふふん。これでも長年生きておるのでな、人間の心の機微も多少は見通せるのだ」

店長が、得意げに言った。青年も、茶々を入れず黙って聞いている。

「一旦《いったん》、自分の内にある言葉を出してみてはどうだ」

店長は、由奈を見つめながら話を続ける。

「えあこんのふぃるたーを掃除するようなものだ。何かが引っかかって詰まっていたままでは動きも悪くなるし、吹き出してくる空気も奇麗ではなくなる。一度整理して、掃除して、すっきりしてみるのだ」

店長の言葉は、とても胸に落ちる。心の中でこり固まり、へばりついて取れなかった何かが、ふわりと剝がれ始める。

「実は、わたし」

それらを言葉にしようとして、

「わたし」

店長たちに伝えようとして、

「わたし」

由奈は何も言えなくなった。別に、感極まって泣きそうになっているとかそういうことではない。剝がれたものが一気に押し寄せてきて、かえって詰まりを起こしてしまったのだ。屋内で火事が起きると、パニックになった人たちが出口に殺到してつっかえて誰も出られなくなるというが、そんな感じに近い。

「そう、焦らなくてもいいですよ」

青年が言うが、それは違う。ただ、上手《うま》く話せないだけなのだ。どうすれば伝わるのか。

「ふうむ」

店長が、少し考える様子を見せた。

「お主、落ち着くための習慣とかはないのか」

そして、そんなことを聞いてくる。

「落ち着くための、習慣?」

戸惑う由奈である。混乱していることもあってか、言葉の意味が分からない。

「好きな音楽を聴くとか、何か食べるとか。そういうものだ」

店長が補足した。

「何かをいじる、というのもありますかね?」

青年が訊《たず》ねる。

「うむ。毛先を触ったり、ボールペンの芯《しん》を出したり戻したりするのもそうだな」

店長は頷いた。

「はたから見ていると落ち着かなく見えるが、意外とそうすることで冷静さを保つ助けにしていたりするものだ」

「何かを、いじる」

由奈は呟《つぶや》く。何か思い出しそうだ。そう、それは——

「——あっ」

息を呑《の》む。ないこともなかった。中学校の頃の、淡い思い出。

「わたし、もしかしたら——猫を触りながらだと、話せるかもしれません」

「むう」

店長が、不満げに呻《うめ》いた。由奈の、膝《ひざ》の上で。

「いやあ、いいじゃないですか。猫らしくて」

青年が、手を叩《たた》いて笑う。

「むうう」

店長は、尻尾《しっぽ》をぱったんぱったん揺らす。不満の感情表現だ。この状態の猫に近づくのは、本来あまり得策ではない。しかし、由奈はもう限界だった。

「失礼します」

そうことわるや否や、由奈は店長の背中に指を触れさせた。

「ああ」

思わず、溜め息が漏れてしまう。なんと、素晴らしい手触り。目で見るよりも、店長の毛は随分と長かった。艶《つや》めいていて、とても滑らかだ。さらさらしていて、同時にもふもふしている。

「店長は換毛期なんで、そこはご容赦下さい。全然ブラッシングさせてくれないんですよ」

青年が言った。

「大丈夫です」

えへへと笑いながら、由奈は店長を触り続ける。

何度も何度も梳《くしけず》ってから、次に頭を指先で撫《な》でる。毛の感触と、その下にある頭そのもの感触も伝わってくる。次に耳。そっと人差し指で触れると、びゅんびゅんと跳ね回る。親指と人差し指でぎゅっと摑《つか》むと、諦《あきら》めたように力が抜けた。

「店長、意地を張らずに喉《のど》を鳴らしてもいいんですよ？」

青年がからかうように言うと、

「覚えておれよ、このうつけめが」

店長はまた尻尾をぱたぱたさせた。

「どうだ、話す気になったか」

そして、そう言って由奈を急《せ》かしてくる。

「まあ、そう焦らないで下さいよ」

言いながら、由奈は耳から指を離して店長の足へと移動した。そして、足の裏に親指を当てるようにして握り込む。肉球だ。

「おおぅ」

若干英語調のうめき声が出た。由奈のリアクションをアメリカンにしてしまう、それほどまでに店長の肉球の感触は素晴らしかった。いやはや実にグレイトでアメイジングだ。

「そろそろ話す気にならないのか。どうなのだ」

なおも店長が喋《しゃべ》るよう促してくる。

「もう、少し待ってて下さいよ。わたしの彼みたいに急かさないで下さい」

由奈は不満を口にした。

「彼、自分のペースで話したいだけ話すんですよ。彼ってよく自分のコミュニケーション能力が高いとかアピールしてきますけど、いつでも喋りたいように喋ってるだけで高いっていえるんですかね。彼との会話ってキャッチボールじゃなくてピッチングですもん。向こうの全力投球をわたしが受けるばっかりって感じ」

最初に戻り、もう一度店長の背中を撫でる。ふわふわ、つやつや。幸せだ。

「気分よく過ごすための道具扱いされてるんですかね。ご飯が冷めたら電子レンジ。服が汚れたら洗濯機。喋りたくなったらわたし。家電彼女という新ジャンル誕生ですか」

今度は店長の胸を触ってみる。ふさふさの毛が生えていて、気になっていた部分だ。他の部分と少し毛質が違う。ミックスならではの、オリジナリティ溢《あふ》れる毛並みである。血統書つきの猫だと、「型」が決まっていてこうはいかない。

「気分良く過ごすと言えば、デートもそうですよ。彼が行きたいところを決めてわたしを連れ回すっていうのがパターンなんですけど、ほんとつめつめでせわしなくて。スタンプのないスタンプラリーって感じです。わたし本当は、どこかに旅行にでかけて何日もかけてゆっくり回るみたいなのがいいんだけどなあ」

「なるほどな」

店長が、由奈の顔を見上げてきた。

「できるではないか」

「えっ?」

由奈は手を止める。その隙を突き、店長は由奈の手から逃れカウンターの上に移動した。

さっきまでの人間のような座り方ではなく、猫らしくごろりと横になる。

「なんだ。自分で気づいていなかったのか。随分しっかりと自分の気持ちを話していたぞ」

「そう、でしたっけ」

由奈は戸惑う。店長を触ることに必死で、自分がどう喋っていたかあまり覚えていない。

「というか、むしろ切れ味抜群でしたよね。色々と考えさせられました」

店長の言葉に、青年も神妙な表情で頷《うなず》く。

「うう」

由奈は顔を両手で隠した。なんだか、とても恥ずかしい。

「それが、誰かに心のうちをさらけ出すということだ」

由奈の内心を見透かしたように言うと、店長はあくびをした。尖《とが》った犬歯――猫でも猫歯とはいわない――や、ざらざらした舌がよく見える。

「問題は解決したぞ。後は、さっきの勢いでもってその彼とやらに当たればよい。兵法書にも、個々の兵士の力量より勢いのあるなしの方が重要だとある」

「勢い、ですか」

そんな、急に言われても。さっきの由奈は、由奈であって由奈でないような感じだったのだ。いきなり戦場送りにされても困る。

「ええと、わたしは、何て言うか」

言葉がでてこない。もごもご言いながら、由奈はうつむく。店長が乗っていた膝には、毛が沢山ついていた。

「本当に、店長を触りながらでないと上手くいかないみたいですね」

青年が目をぱちくりさせた。

「ふうむ。やはりそう簡単なものでもないか」

店長がカウンターに頬杖《ほおづえ》をつく。人間くさい仕草である。

「かといって、今後のでぇとにわしが付き合うわけにもいかぬしのう。いかがしたものか」

「何か、代わりになるものがあればいいんですが」

青年の言葉に、店長は両の前足、肉球と肉球をぽむと合わせた。

「それだ。名案があるぞ。童、前の換毛期にわしが作ったあれを持ってこい」

「あ、なるほど」

青年も、店長と同じように手と手を合わせた。

「あれは、確か箱の中かな。すぐ戻りますね」

そして、またカウンターの奥の扉を開けて外に出ていく。

「ありましたありました」

　青年が戻ってきた。手には、何か小さいものが握られている。

「店長が自分の毛を集めて作った、猫毛フェルトのストラップです」

　それは、猫の人形がついたストラップだった。大きさは由奈の小指より少し小さい程度。人形といっても、目鼻や口はついていない。シルエットストラップ、といった感じだろうか。とても可愛らしい仕上がりだ。

　毛の色は、店長そのものだった。黒の縞《しま》模様もしっかり再現されている。一方で、触ってみるとふわふわつやつやではなく割とごわっとしていた。店長の毛を使っているのに、案外固くてしっかりした感触だ。この形で安定し、崩れないようになっているのだろう。

「毛を丸めて、針で突くと固くなるんですよ。面白いですよね。店長の毛は柔らかくてそのものずばり猫っ毛だっていうのに、こんな感触になるんですから」

　青年が言った。

「それをぷれぜんとしてやろう。手触りは違えど、わしの毛だ。きっと助けになるぞ」

　店長はよっこらせと後ろ足で立ち上がると、由奈が持っていた店長ストラップに前足を置く。瞬間、不思議なことが起こった。

　——光。白く眩《まばゆ》い光が、ストラップから放たれたのだ。驚いて、由奈は思わずストラップから手を離してしまいそうになる。

ストラップは、なおも光り続ける。店長が、何か謎のパワーを行使しているのだろうか。立って歩いて喋る猫であるからして、ものを光らせることだってできるかもしれない。

「うむ。これでよし」

光が消えると、店長は満足げに頷いて手を離した。

由奈は改めて店長ストラップをまじまじと見る。突然発光した割に、あんまり見た目に変化はない。

「あれ？　なんか、マークが」

いや、そうでもない。よく見ると、猫の肉球のような模様が、店長シルエットの下の方にちょこんと付いていた。さっきまではなかったように見えるのだが。

「わしの落款だ」

そう言って、店長はふふんと鼻を鳴らす。

「ラッカン？」

言葉の意味が分からず、由奈は戸惑った。確かに店長は悲観的なタイプではなさそうだが、しかしそういう意味のラッカンではないだろう。

「公式グッズの認定マークってことですよね？」

青年がそう言うと、店長はちょっと不満そうな顔をした。

「微妙に違う。わしの作品だという署名のようなものだ」

「署名なのになんで足形なんですか？　手芸修繕は得意でも字が下手とか？」

「無礼な！　字くらい書けるわ！　墨と筆をもて！」

「あ、あの」

落款の意味は大体分かった。しかし、他にも分からないことがある。助けになるとは、一体何なのだろう。

「何でわざわざ揮毫《きごう》するんですか。というか筆はいらなくないですか？　店長の尻尾とかほぼ筆と変わらないですし、それで書けるでしょ」

「童ぁ！　そこになおれ！　成敗してくれる！」

しかし、二人の掛け合いは盛り上がっていて割って入る隙もない。まあ、邪魔するのもアレだし、黙っておこう——

「すいません。お話し中のところ申し訳ないんですけど、わたし気になることがあって」

と、思いきや。意思に反して、突如由奈の口からすらすら言葉が出てきた。

「助けになるって、具体的にどんなことが起こるんですか？」

自分でも驚いてしまう。店長に触っているわけでもないのに、どうして。

「そう。そういう助けになるのだ」

店長はにやりと笑うと、由奈の手元を見てきた。つられて自分の手を見て、由奈ははっとする。由奈は、いつの間にか店長のストラップに触れていたのだ。

「もしかして、このストラップを触ってたら猫を触ってる時みたいに自然にすらすら話せるようになるってことですか？」

抱いた疑問が、速やかにかつ滑らかに口を突いて出てくる。由奈は目を白黒させた。

「そういうことだ」

うむと店長が頷く。

「あくまで助けである。いつまでも続くわけではない。自分の言葉は、自分で紡がねばならないからな」

店長は由奈の前に立つと、頭に前足をぽふっと置いてきた。

「とにかく、話すことだ。自分の気持ちをちゃんと伝えてみよ。そうすれば、分からなかったことが分かったりするかもしれんぞ」

次の日曜日。由奈は克哉と出かけることになった。散々迷った末、スマートフォンには猫の肉球ストラップと猫庵《にゃあん》ストラップの両方を付けた。今や由奈のストラップは、史上最高級に猫指数が高まっていた。

まず、二人は映画を観に行った。克哉が観たいといった単館上映系の邦画で、最初から最後までよく分からない内容だった。映画が終わった後はカフェに行き、克哉による講釈が行われた。なんでも原作を脱構築しているらしい。やっぱりよく分からなかった。

その後は眺めがいい建物へ行ったり、アウトレットショップに行ってみたり、ボウリングをしたりした。一つ一つをゆっくり味わう暇もなくあっちへこっちへとせわしなく移動する、いつもどおりザ・克哉なスケジューリングだ。

夕食は個室の焼肉だった。克哉は由奈に何も聞かず、肉の後に肉が延々来るようなコースを二人前注文した。

この間、由奈は店長ストラップを触らなかった。——いや、触れなかった。あの日、猫庵で繰り広げた突然のマシンガントーク。あれが出てしまったらどうなるのか、想像も付かなくて、怖かったのだ。

店長は言った。『自分の気持ちをちゃんと伝えてみよ。そうすれば、分からなかったことが分かったりするかもしれんぞ』と。その分からなかったことというのは、ひょっとしたら分からない方がいいことだったりしないのか。

「でさ、フットサル経験者が少なくってさ。俺結構頼られちゃってて」

そんな由奈の葛藤《かっとう》など気づく様子もなく、克哉はいつも通りに自慢話を繰り広げる。

「そうなんだ」

由奈も、いつも通りに相槌《あいづち》を打つ。

「まあ、実際エース級の活躍ではあったけどね。ハットトリックも決めちゃって」

「すごいね」

代わり映えのしないやり取り。今日も結局こんな感じで終わっていくのだろうか。

猫庵でまくし立てた時の感覚を思い出す。不快ではなかったけれど、だからといって痛快とか爽快《そうかい》とかそういうこともなかった。あれをもう一度味わうよりも、こうしてルーチンワークをこなしていればいいのではないのか――

「って、まだそのストラップつけてたんだ」

――唐突に、話題が由奈のストラップに移る。

「やっぱり子供っぽいよ、それ。なんか増えてるし」

「ふえてるし」の音程を付けた言い方が、言葉以上のニュアンスを醸し出してきた。あの時感じた嫌な気持ちが、より何倍にもなって押し寄せてくる。

「取った方がいいって。子供じゃないんだしさあ」

肉を焼く手を止め、克哉が言う。これは、由奈が外すまで話題を変えないつもりだろう。外すか、外さないか。言う通りにするか、しないか。

『自分の言葉は、自分で紡がねばならないからな』

唐突に、店長のそんな言葉が蘇《よみがえ》ってきた。

「これは、これは」

由奈は決意し、ストラップを――きゅっと握る。

「これは、わたしが自分で買ったお気に入りなの。なんでわたしのお気に入りにどうこう言われないといけないの？　そりゃいきなりフリル大盛りのヴィクトリアンな格好で現れたとか、手回り品が突然全部バットマンで統一されたとかなら何か言われても仕方ないと思うけど、これストラップよ？　別にストラップくらい良くない？」

言葉が流れ出す。今まで押さえつけて、押さえつけて、自分でも形が分からなくなっていた気持ちが一気に溢《あふ》れ出す。

「あなたはあなたの好きにしてるじゃない。大体今日の映画だってなにあれ。原作の脱構築だかなんだか知らないけど、訳分かんなくて脱力してたわよ。それからも予定は詰め詰めだし、全然落ち着かないし」

克哉は、ぽかんとしている。突然のことで、理解が追いつかない——そんな感じだった。

「晩ご飯は焼肉だし。どうしてハイカロリーな店にばかり連れて行くの？　わたしを太らせたいの？　高い店に連れていけば女が喜ぶと思ったら大間違いよ」

徐々に声に力が篭《こ》もっていく。個室とはいえ、あまりにも大きな声を出したら筒抜けだ。それは分かっているのだが、どうにも押さえられない。

「あと、自慢話ばっかりもいい加減つまんないよ。わたしは武勇伝に相槌を打つ用マシーンじゃないの。大体、偉そうに自分スゴイアピールする割に、着ている服とか大体先月号のメンズノンノの特集って感じで没個性よね」

そこまで言い切って、ふっと由奈は我に返った。いくら何でも、一度にぶちまけすぎたのではないか。

　克哉の様子を窺《うかが》ってみる。克哉は呆然《ぼうぜん》とした面持ちで、網の下の炭火を見つめていた。

　気まずさを紛らわせようと、由奈は肉を焼いて食べた。あれだけ文句を言っておいてなんだが、大変美味《おい》しいカルビだった。

「あのさ」

　由奈がハラミを焼きだしたところで、ようやく克哉が口を開いた。ちらり、と由奈を見て、またうつむく。今までと打って変わって、気弱な感じだ。

「実はさ、俺。前に付き合ってた女の子が――」

「このタイミングで他の女の人の話？」

　かちんとくる。意味が分からない。どういうつもりなのか。

「ああ、いや。確かにそうだな、おかしいよな。すまん」

　慌てた様子で、克哉が手を振る。悪気があったわけではないようだ。

「どういうこと？　話してごらんなさいよ」

　なので、怒りはひとまず保留にして聞いてみる。

「その、学生の頃に付き合ってた女の子が、結構キツい子で。色々言われて振られたんだ」

　ぽつり、ぽつりと。克哉が話し始めた。

「『もっとリードして』とか。『女がサインを送ったら察して動いて』とか。『話が自虐ばっかりで嫌』とか。『ファッションセンスが悪いから雑誌でも見て』とか。だから俺――」

「ちょっと待って」

最後まで聞いていられなかった。

「前の彼女に言われた通りに、そう振る舞ってるの？」

やはり、分からない方がよかったことを分かってしまったのかもしれない。

「わたしがどう思うかじゃなくて、学生時代の彼女に何て言われたかを大事にしてるの？」

最悪だ。要するに、ふられた傷を癒《い》やすための代用品だったのだ。由奈はスマートフォンと鞄を引っ摑んで立ち上がる。だったら、もうここにいる意味はない。

「違う、違うんだ」

由奈に、克哉は必死で訴えかけてくる。

「その彼女は、初めてできた彼女で」

恥じているのか、顔が真っ赤だ。それについては、だからどうしたという感じだ。由奈は克哉が初めてできた彼氏である。

由奈を驚かせたのは、克哉が必死になっていることだった。いつも上から目線の自慢話ばかりだった克哉が、なりふり構わず由奈を止めようとしている。こんなこと、初めてだ。

「それから、好きになれる女性は見つからなかった。仕事に打ち込んだら結果が出て、寄ってくる女の子もいたけど、ぴんとこなくて。そんな時に、由奈と出会ったんだ」

――初めて出会った日のことを思い出す。職場の飲み会の二次会。帰るとも言い出せずついて行ったバーで、声を掛けてきたのが克哉だった。優秀なイケメン風の克哉が自分なんかに声を掛ける理由が理解できず、由奈はマルチ商法か結婚詐欺に違いないと思って避けたものだ。それでも克哉はアタックしてきて、ついに由奈は折れ付き合うことになった。


「だから、前と同じ失敗はしないようにと思ったんだ」

克哉の目は、懸命だった。

「由奈を、失いたくなかったから」

まったく、何を言っているのか。由奈を失いたくないのなら、由奈のことなり気持ちなりを大切にするべきだ。手法を思いっきり間違っている。そんなことでよく営業のような仕事ができるものだ。男女のことになるとからきし駄目になる人間がいるという話は聞いたことがあるが、ここまで凄《すご》いのがいるとは考えもしなかった。

「――」

なんてことを一言も口にできず、由奈はただ沈黙していた。耳がとても熱い。克哉から、こんなに直接的に気持ちを伝えられたことなんてなかった。どんな顔をすればいいのだ。

『分からなかったことが分かる』――店長の言葉は、やはり当たっていた。

店長と言えば、おかしいことがある。今も店長ストラップを触っているのに、どうして由奈はまた喋《しゃべ》れなくなっているのか。

ストラップを見ると、特に変化はない——いや、違う。店長の肉球マークが消えている。

あの光の力は、消えてしまったらしい。

『あくまで助けである。いつまでも続くわけではない』

店長の言葉が、今更になって理解できた。ああ、そういう意味だったのか。

「ストラップのこと、本当にごめん。あんまり深く考えてなかったんだ。いや、深く考えてないこと自体がだめなんだな。すまない」

克哉が謝ってきた。ただ口先だけで謝っているのではなく、由奈の気持ちを汲《く》んでくれている。今までとは違う。ちゃんと反応しなければ。

——いや。ちゃんとしてなくたっていいのだ。さっきの克哉はどうだ。普段のやたら滔々《とうとう》とした物言いとは全然違う、無闇にエネルギー過剰な口調だった。それでも、彼の気持ちはよく分かったではないか。

「いいの。ううん、よくないけど、いいの」

上手い下手ではない。伝えたいという気持ちが、どれだけあるかだ。

「気を使ってくれて、嬉《うれ》しいわ」

心の中で渦巻いている色々な思いを、一言に込める。これが、由奈の言葉だ。

「そうか」

ずっと強張《こわば》っていた克哉の表情が、和らいだ。伝わったようだ。

瞬間、由奈の中に、ふわっとした気持ちが巻き起こった。猫庵《にゃあん》で感じた恥ずかしさとは違う、もっとくすぐったく沸き立つような気持ち。

そうか。由奈は噛《か》み締めるように思う。誰かと気持ちが通じ合うっていうのは、こういうことなんだな。

――その後。由奈は何度も猫庵を探したが、遂《つい》に見つけられなかった。あの日と同じ道を通り、辺りをくまなく探しても、あの不思議なお店に辿《たど》り着くことはできなかった。

夢だったのだろうか。時々、そう思うことがある。しかし、言葉を話す不思議な猫がくれたストラップは、今でも由奈のスマートフォンにぶら下がっている。やはり、本当にあったことなのだ。

ちなみに。今の由奈は、スマートフォンにストラップを三つつけている。あのお店でもらった、猫の毛を使ったシルエットストラップ。昔自分で買った、猫の手を象《かたど》ったもの。そして、旅行に行った時克哉が買ってくれた、兜《かぶと》を被《かぶ》ったゆるキャラの猫だ。

三つぶら下げて、全部猫。ちょっと猫指数が高すぎる気がしないでもないが、由奈はどれも気にいっている。

二章　1／1店長ぬいぐるみ

「ふうぅ」

溜《た》め息が出たが、特に理由や意味はない。上村修二《うえむらしゅうじ》にとって、溜め息は癖なのだ。立つ時、座る時、朝起きた時、夜寝る時。行動の節目節目で、少し大きめに音を立てながら息を吐き出すのである。

今回は何の区切りかというと、近所のコンビニに買い出しに行って帰ってきたのだった。洗濯や風呂《ふろ》と並んで、面倒な作業である。

玄関の扉と鍵《かぎ》を閉め、靴を脱いで家に上がる。仏壇のお鈴《りん》をちんと鳴らしてから、ちゃぶ台の前の定位置へと移動。置いてある座椅子に座ると、リモコンでテレビをつけた。だらだらとチャンネルを替える。地デジになって随分経つが、チャンネルの切り替わりに時間がかかるのは未《いま》だに慣れない。画質とかデータ放送とかはよく分からないし、正直前のままでもよかった。

『摂津《せっつ》オクトパス、泥沼の十五連敗。自力優勝が消滅しました』

『今やヘヴィメタルバンドは世界中に存在します。チュニジアのバンドがメジャーレーベルを通して日本でもCDを発売し、その後来日公演を行うなど——』

『爆発まで三十秒しかない！　赤い配線か青い配線か、どちらかを切るんだ！』

『イケメンアイドルジャーニー、今回は滋賀県湖南《こなん》市にやって参りました』

昼間のテレビは、どれもこれもぴんとこない。まあ、そもそも興味があるテレビ番組自体ほとんどないのだけれど。

『上様、なりませぬぞ。かような話、じいの目の黒いうちは決して』

結局、何度再放送されているか分からないような時代劇に落ち着いた。別に、昔から時代劇が好きだということはない。高齢者になったから、好きになったということもない。画面と台詞《せりふ》の刺激が少ないので、疲れないというだけの話だ。

『親子の幸せを願う、吉宗《よしむね》であった』

時代劇が終わった。今度はワイドショーに替え、少ししてからうつらうつらする。

目が覚めると夕方だった。チャンネルをニュースに替え、しばらくニュースからニュースへと渡り歩く。腹が減ってきたので、買ってきた菓子パンを食べる。

ゴールデンタイム。民放で二時間やっている情報番組に替える。特に興味があるわけでもないのだが、この時間はどのチャンネルも全体的に騒々しいので、NHKかこの手の番組に落ち着くのだ。

『実はあの秀吉《ひでよし》も認知症だったのではないか？　という説があり、以前大河ドラマでもその新説を取り入れたキャラクター作りが行われ、話題になりました』

司会者の話を聴きながら、そういえばそうだったかと思い出す。ええと、どの大河だったか。俳優の顔は覚えているのだが。よくドラマで見かける俳優だ。名前は忘れた。

『源氏物語や万葉集にも、認知症らしき症状についての記述があります。そんな、人類の長い歴史とずっと共にあった認知症について、最新の医学でメスを入れます』

あくびが出た。世間の基準でいうと高齢者の修二だが、まだその枠に入ったばかりだ。ちょっと俳優の名前が思い出せないくらいの話だ。何も心配要らない。

ぼんやりテレビを見ているうちにまた腹が減ったので、もう一つ菓子パンを頬張る。そうこうしているうちに、情報番組は終わっていた。チャンネルを替え、主人公役の俳優を交代しながらずっと続いている二時間サスペンスを見て、その次はニュースを見る。さて、そろそろ寝る時間だ。

修二は立ち上がって溜め息をつくと、風呂を沸かして入った。風呂から出たら服を着てトイレに行き、歯を磨いてから仏間に移動し仏壇のお鈴をちんと鳴らして線香を上げ、敷きっぱなしの布団に入って寝る。

修二の平均的な日常である。妻が死んでからは、大体毎日こんな感じだ。気楽な年金暮らし、不都合はない。高望みしないから、不満もない。ほどほどが一番なのだ。

こんな日々を過ごす修二だが、カレンダーに○がついている日もある。毎月十三日。亡くなった妻の月命日である。何事も面倒な修二だが、墓参りだけはちゃんと行っていた。息子の修太郎《しゅうたろう》も娘の恭子《きょうこ》も家庭を持って遠くに住んでいるので、定期的に墓参りできるのは修二だけなのだ。

『本日はあいにくの曇り空。昼過ぎからは雨が降り出すところもあるでしょう』

朝の情報番組のお天気コーナーで、気象予報士がそう言った。そうか。傘を用意していかないと。

ひとまず朝の菓子パンを食べて、溜め息をつきながら立ち上がり、仏壇のお鈴をちんと鳴らして玄関へ。靴に足を突っ込み、扉を開ける前に溜め息を一つ。

「ふうぅ」

思ったより大きい溜め息が出た。しかし、誰が反応することもない。家にいるのは、沢山のぬいぐるみくらいだ。

電車で三駅行ったところに、雅子《まさこ》の墓はある。何と言うこともない霊場の中の、どうと言うこともない位置。上村家代々の墓みたいなものがなかったので、修二が建てたのだ。

修二や息子娘たちも入れるように、代々の墓という風に彫ってある。多分今住んでいる家の次に高い買い物がこれだ。三番目は仏壇だろう。――いや、雅子への指輪かもしれない。あれはいくらだったかな。もう何十年も前のことで、記憶が曖昧《あいまい》だ。とにかく高かったのは覚えているが。

買ってきた花と、お供えのお菓子を置き、線香を上げる。家でやっていることと変わらない。しかし、妻の骨はこの墓に入っているので、お供えも線香もきっちり届いているように感じられる。

帰り道の途中でコンビニに立ち寄り、菓子パンやジュースやインスタント焼きそばなどを買い込む。折角出かけたのだから、ついでに用事を済ませておくのだ。

袋を提げてコンビニから出て少し歩いたところで、修二は「猫庵《ねこあん》」なる店の前を通った。看板によると「なんでもお直しします」ということらしい。少し、不思議に思う。こんな店、あっただろうか。いつも通っている道なのだが、あんまり記憶にない。

首を傾げたところで、冷たいものを額に感じた。雨だ。傘は——ない。

「あれ？」

声が出てしまう。家を出る時には、持って行こうと思っていたのだが。すっかり忘れてしまっていたようだ。

どんどん雨は強くなっていく。修二は慌てて駆け出した。

走ったのはほんの一瞬で、すぐに息が切れてしまった。本当にすぐで、稼げた距離は十メートルあるかどうかも怪しいほどだった。

結局雨脚は途中で弱まり、体がひどく濡《ぬ》れたりするようなことはなかった。むしろ、心というか気持ちの方に深刻な打撃があった。

『実はあの秀吉も認知症だったのではないか？　という説があり――』

テレビ番組の、最初の部分の内容が蘇《よみがえ》ってくる。それ以降の具体的な内容ははっきり思い出せないが、とにかくこういうちょっとした物忘れが初期症状なのではなかったか。

考えてみれば、最近はっきりものを思い出せないことが多い。大河の秀吉役の役者もそうだ。妻に買った指輪の値段もそうだ。

認知症になった人は、親戚《しんせき》に一人いた。伯父《おじ》の息子の妻の親類だからほとんど他人のようなものだが、伯父の息子――ほぼ同世代――とその妻が「随分と苦労した」と話していた覚えがある。具体的に何と言っていたかは、やっぱり思い出せない。

「ふううぅ」

玄関に入った頃には、深い深い溜め息が出た。いつもよりも、もっと大きい溜め息だ。本当に、認知症なのだろうか。自分が認知症になったらどうしようかなんて、考えたこともなかった。

子供達に迷惑を掛けるわけにはいかない。修太郎は仕事で海外だし、恭子は子供が三人いる。となると施設だろうか。しかし、修二の年金だけでどうにかなるものだろうか。いやいや、それ以前に入るのも大変だとか何とかテレビで見たような。

考えあぐねたところで、ふと修二は脇を見る。そこには靴箱があり、靴箱の上にはぬいぐるみがいくつも並んでいた。ずっと変わらない、家の玄関の眺め。かつてはぬいぐるみのメンバーに変化があったものだが、今はもうない。

何の気なしに、その中の一つに手を伸ばす。少し色あせ気味の、ぶたの人形だ。後ろ足を投げ出して、人間のような座り方をしている。

「ん?」

修二は目をしばたたかせた。何だか、手触りがおかしい。妙にほわほわしている。

「――あっ」

反対側にひっくり返してみて、修二は仰天した。ぬいぐるみの背中あたりで、縫い目が裂けたようになっている。そしてそこから、白い何かが溢《あふ》れるようにして飛び出していたのだ。

修二なりに、何とかしようと試みた。出てきた白いもの――綿か何かを中に押し込もうともしたし、出てしまった分を抜いて塞《ふさ》いでみようともした。

しかし上手《うま》くいかない。押し込もうとしても押し込めないし、出てしまった分を抜くとへなへなにしぼんでしまう。

「参ったなあ」

修二は困り果てた。壊れたからよし捨てよう、というわけにもいかない。これは、妻の遺したぬいぐるみなのだ。

――趣味らしい趣味もなく、日々の生活を明るく陽気に過ごすだけで満足みたいな感じだった妻の、唯一のこだわりがこのぬいぐるみたちだった。

種類は問わない。テディベアやら、ディズニーの犬（服を着ている方だ。名前は忘れた）やらといった修二でもなんとなく分かる有名所から、どこの馬の骨とも知れぬゆるキャラやら、年甲斐《としがい》もなくクレーンゲームで取った何かの漫画のキャラクターまで、とにかく幅広い。子供達を連れて水族館に出かけたところ、雅子が一番大きいあざらしのぬいぐるみを買ったなんてことまであったほどだ。

この破れてしまったぬいぐるみは、ぬいぐるみたちの中では相当古株だ。何となく覚えている。まだ結婚する前、旅行に行った長野で買ったはずである。

何にせよ、自力での修繕は無理だ。では、どこに持っていけばいいのだろう。タウンページで見つかるだろうか――

そこまで考えて、修二は思い出した。何だったか、ものを直す店というのがあった気がする。見かけたはずだ、ついさっき。

修二は家を飛び出した。ぬいぐるみは、適当なものがなかったので家電量販店の紙袋に入れて持ってきている。雨は通り雨だったらしく、既に上がっていた。

店の場所の記憶は曖昧だったが、何とか辿《たど》り着くことができた。店の前に黒板のような質感の立て看板があり、それで分かったのだ。

看板には、チョークで「猫庵《ねこあん》　何でもお直しします」と書かれている。果たしてその「何でも」の中にぬいぐるみは含まれるのか、含まれないのか。分からないが、とりあえず入ってみるしかないだろう。

「すみません」

ドアを開き、修二は中へと入った。

左側にカウンター、右側にはテーブル席。喫茶店のような作りだ。カウンターの上には和傘が広げられていて、時代劇に出てくる峠の茶屋のような感じになっている。長椅子に座ってそばや団子を食べたり、反対向きに座った隠密と目を合わさずに情報交換したりするアレだ。

「いらっしゃいませ」

店員が声を掛けてきた。たすき掛けをしたおきゃんな娘――というわけでは勿論《もちろん》なく、エプロンをつけた男性店員だった。

ろか。

　アイドル歌手のような、美青年である。年の頃は二十代中盤、ないし前半といったところか。

　髪の毛は、天然パーマ気味。背は修二よりもかなり高く、逆に体格は修二よりもかなりほっそりしている。付けているエプロンには、猫の絵と「猫庵」という文字がついていた。

「こちらへどうぞ」

　青年は、カウンターの椅子を勧めてきた。

「はい」

　頭を下げると、修二はカウンターへと向かい、椅子に腰を下ろす。

「ふうぅ」

　そして、大きく溜《た》め息をついた。

「お疲れですか？」

　カウンターに入った青年が、気遣わしげに聞いてきた。

「ああ、いや。大丈夫です」

　修二は目を白黒させる。いつもの溜め息が、つい出てしまったのだ。

「お主。それは癖になっておるな」

　そんなことを言われ、ぎくりとする。青年のものとは違う、低く張りのある声だ。

　辺りを見回す。青年は、自分ではありませんよと言わんばかりに首を振った。しかし、他に店内には誰もいない。では、一体誰が――

「無くて七癖。だれしも癖はあるものだ」

ばっ、と。カウンターの向こうから、猫が顔を出した。茶色の毛に黒い縞《しま》模様。いかにも雑種といった感じの猫だ。

「だが、あまりに目立つものは考えた方がよいかもな。特に溜め息は『じぇすちゃあ』としては大変否定的な意味合いを持つ。その年になると、中々指摘してもらえなくなるしな」

低い声は、猫の口から発されていた。

「えええっ」

修二は驚愕《きょうがく》する。猫が、日本語で喋《しゃべ》っている！

「うちの店長です」

青年が、そう紹介してきた。

「違う。わしは庵主《あんしゅ》である」

店長と呼ばれた猫は、不満げである。なるほど、庵の主だから庵主らしい。千利休《せんのりきゅう》か何かのようなものか。

「え、ええと」

などと納得している場合ではない。この店は、一体何なのか。いわゆるドッキリで、他の部屋でタレントが笑いながらモニターを見ているのではないか。いや、しかし最近めっきり素人相手のドッキリは見なくなったし、それも違いそうだ。

「お茶をどうぞ」

修二の前に、青年が湯呑《ゆの》みを置いてくれた。湯気を立てる、煎茶《せんちゃ》である。

「店長も、はい」

青年は、店長の前にも湯呑みを置く。

「ふむ、どれどれ」

店長が、両手――いや前足というべきなのだろうか――で湯呑みを持ち、ずずずとお茶をすする。

「お茶請けは、こちらで」

続いて、青年は修二と店長の間に皿を置いた。皿には、何やら白い包み紙に包まれたお菓子らしきものがいくつも載っている。

「とっくり最中《もなか》と言います。岐阜県の土岐《とき》市にある『虎渓《こけい》』さんという和菓子屋さんが作っているんですよ」

青年が、そう説明してくれた。言われてみれば、確かにとっくりのような形をしている。

「そういえば、一昨日《おととい》上野《うえの》さんが来た時にこれも仕入れてくれていたな。うむ、悪くない組み合わせだ」

そう言うと、店長は湯呑みを置いた。

「さて、まず一つ」

そしてとっくり最中を手に取ると、包み紙を外してかじる。

「うむ、実にうまい」

店長は、満足げに目を細めた。一つ一つの動作が、いちいち人間っぽい。

「ほれ、お主も食わんか」

店長が、修二を促してくる。

「は、はあ」

何が何だか分からないままに、修二はとっくり最中なるお菓子を手に取った。大体、手の平にそっくりそのまま載るくらいのサイズだ。

包み紙には、「とっくり陶祖」と書かれている。どういう意味だろう。

「土岐は、焼き物の町でな。とっくりやどんぶりのような陶器が名産なのだ」

まじまじと眺めていると、店長が説明をしてくれた。

「それにちなんで『虎渓』が生み出したのがとっくり陶祖最中、通称とっくり最中というわけだ」

「そういうことなのですか」

包み紙を外してみる。なるほど、確かにとっくりの形をしていた。ちょっと玉ねぎっぽくもある。表面には、陶祖という文字が型押しされていた。古い方のしめすへんだ。雰囲気があっていい。

修二は、そっととっくり最中をかじってみた。皮はぱりっとした最中らしい歯応《ごた》え。そしてそれに続いて、中身が溢れ出してくる。あんこ——粒あんだ。

粒、というと小さいようなニュアンスが感じられるが、このあんこの豆は存在感がある。ごろごろっと口の中で転がるのだ。

「ほう」

かじった分を飲み込んで、修二は息をついた。普段の深々と吐き出すようなものではない、自然に柔らかく出た息だ。

「おいしいですね」

修二は、心からの感動を口にした。

あんにせよ豆にせよ、ごてごてとした強烈な刺激はない。全体的に柔らかく穏やかな甘さであり、肩の力を抜いて味わうことができる。食べているうちに、幸せが緩やかに全身へと染み渡っていく——そんな感じのお菓子である。

ただし、こぢんまりとまとまっているわけではない。見た目よりも、遥《はる》かにボリュームがある。あんこが、びっくりするくらいみっちり詰まっているのだ。皮はとても薄く、どうやってバランスを取って形にしているのか不思議である。

「お気に召しましたか？」

青年が訊《たず》ねてくる。

「ええ、はい」

修二は頷《うなず》きながら食べきった。最後に皮が上あごの裏に貼り付いてしまったので、お茶をすする。

「ほう、ほう」

この煎茶が、また最中によく合う。控えめな彩りの味わいで、上手に最中の甘みを引き立てているのだ。

「新しい発見というのも、よいものだろう」

店長が、そんなことを言った。

「同じものを食べて、同じ生活を繰り返す。それ自体は悪いことではない。隠居とは、まあそういうものだ。

しかし、ただ漫然と繰り返してばかりいては鈍ってしまうぞ。人間は不便なものでな、どういう方向であれ進まないと衰えていくようにできておる」

どきりとして、店長の方を見る。店長は、修二の視線を受け止めて笑った。まるで、全てお見通しだと言わんばかりに。

「その点、猫はいいですよね。トイレ・食っちゃ寝・毛繕いみたいな生活でも元気いっぱいですし」

横で聞いていた青年が、店長の言葉を茶化す。

「なにー！　わしがそんな自堕落に過ごしているとでもいうのか！」

するると、店長はぷりぷり怒り出した。

「君子というのは、泰然としておるものなのだ。童《わっぱ》の如き小人《しょうじん》には分からぬだろうがな！」

君子なら茶化されても動じない方がいいと思うのだが――と考えかけて、修二はぎょっとする。いつの間にか、店長の存在を当然のように受け止め始めている。

「まったく、けしからん童だ」

ぷいっとそっぽを向くと、店長の姿がカウンターの向こうから消えた。少しして、カウンターの端の扉のようになっている部分が、ぎいと押し開けられる。

「なんと、これは」

修二は呆気《あっけ》にとられる。出てきたのは店長だった。後ろ足で立ち、とことこ歩いている。喋るだけではなく、歩き方まで人間みたいだ。

「よっと」

隣の椅子に座ると、店長は修二を見てきた。

「さて。何用で参った。言うてみい。猫の手を、貸してやるぞ」

「ええと、実はですね」

修二は、持ってきた紙袋からぶたのぬいぐるみを出した。

「ぬいぐるみが、壊れて？　しまいまして」

「おやまあ」

青年が、目を丸くする。破れ方が珍しいのか、それとも修二のような人間が持ち込んだのがぬいぐるみだということに驚いたのか。

「ふむ」

店長は、ぶたのぬいぐるみを抱えるようにして調べ始める。端から見ると、猫とぶたが取っ組み合っているようにも見える。

「糸が劣化して破れてしまったのだろう。ぬいぐるみとて人が作ったもの、いずれは壊れてしまうものだ」

そう言うと、店長はカウンターの上にぶたを置いた。

「ただ中身を詰めて縫い合わせるだけならすぐにできるが、それでは足りぬな。随分と日に焼け色褪《あ》せている。相当に年季が入ったものと見受けられるが？」

「ええ、そうですね」

二つ目のとっくり最中を手に取りながら、修二は思い出を呼び起こす。

「亡くなった妻に、買ったものです。まだ結婚する前のことでした」

——長野に旅行した時のことだ。立ち寄った商店街におもちゃ屋があり、その店先にこのぬいぐるみが置かれていたのだ。妻は顔が修二に似ていると大喜びし、買って欲しいと言ってきた。いくら可愛いとはいえぶたのぬいぐるみと似ていると笑うなんてひどい話だし、当時も割と抗議した覚えがあるが、結局ぬいぐるみを買う羽目になってしまった。

このぶたのぬいぐるみは、いつも修二たちと一緒だった。二人で住み始めた公団住宅にも、子供ができて新しく引っ越した一軒家にも、このぬいぐるみは家族の一員の如くでんと鎮座していた。修太郎に投げ飛ばされ、恭子のおままごとの相手をし、二人が成長して家を出て行ってからは玄関で門番をし続けたのだ——

「もう、何年経つんだろう。一緒に住みだす前だから、四十年は前になるのかなぁ」

お茶を飲み、ふうと息をつく。喋り疲れたとまではいかないが、何とも不思議な感覚だ。考えてみたら、これだけ人と話すのも久しぶりである。

「うむ。そういうことか」

店長が、前足を腕のように組みながら頷く。

「少し、預からせてもらうぞ。さすがのわしの腕をもってしても、少し時間が必要だ」

「自分でわしの腕をもってしてもとか言っちゃって。偉そうだなあ」

青年が、眉《まゆ》を持ち上げるような表情で言った。

「何を抜かすか。童とて、わしのすきるに圧倒され教えを請うてきたではないか」

「ニュアンスが違いますよ。店長、年を取りすぎて記憶が色々混濁してません？」

「そんなことはない！　かの織田右府《うふ》めの軍勢と太刀を交えた時のこと、昨日のことのように覚えておるわ」

「オダウフ？　どこの猫との縄張り争いか知りませんけど、昔のことをはっきり覚えてるっていうのは大丈夫な根拠になりませんよ。最近の記憶からあやふやになっていくんです」

二人の漫才を見ながら、修二はひやひやする。修二は昔の記憶さえ曖昧だ。もっとまずいのではないのか。

「ええい、口の減らぬ童だ。覚えておれよ」

店長は忌々しげにそう言うと、修二の方を向いてくる。

「まあ、それはさておきだ。お主には代わりのものを持たせておく」

「代わりのもの、ですか？」

「うむ。童、あれを持ってこい」

きょとんとする修二に頷いてみせると、店長は青年に指示を出した。

「はいはい」

青年はカウンターの突き当たりにあるドアを開け、外へと出て行く。

「時にお主。何年になる」

修二が三つ目のとっくり最中を開けようとしていたところで、店長が声を掛けてきた。

「何年？　ええと、何からですか？」

「連れ合いを亡くしてからだ」

包み紙を外す手を、止めてしまう。

「――三年に、なります」

事故だった。妻は健康に気を使い、毎日運動もしていたけれど、運転手が発作を起こした車によってその努力は全て失われた。

「そうか」

じっ、と店長が修二を見てくる。

「いつかは、向き合わねばならぬぞ」

胸を、激しく突かれるような感覚。それは、その言葉の意味は――

「店長も、これと向き合ってみましょう」

いつの間にか戻ってきていた青年が、店長の横に店長を置いた。

「えっ」

驚いてしまう修二である。店長が二人――いや二匹か――に増えたのだ。

「ぬいぐるみなんですけど、そっくりですよね」

青年が笑う。

「これは、いわばわしの似姿である。童にも分かりやすく言ってやるならば、銅像のようなものだな」

店長のうちの片方が、もう片方の猫の頭に前足を置いて言った。動いている方が店長で、動いていない方がぬいぐるみということらしい。

「ハチ公みたいに誰かに作ってもらえなかったから、自分で作ったんですね」

「そういうわけではない！　というかなぜわざわざ犬と比較するのだ！　西郷《さいごう》なにがしとか二宮《にのみや》なにがしとか他に色々いるだろう！」

「だって店長は猫じゃないですか。犬と比べるのが分相応でしょう」

「童ぁ！」

店長が青年に襲いかかり、青年が店長のぬいぐるみを盾にしてそれを防ぐ。本当にそっくりで、もう何がなにやらという感じである。

「とにかくだ。ぬいぐるみを預かっている間、お主にはこれを貸し与える」

そう言うと、店長がぬいぐるみの胸辺りに前足の肉球を押しつけた。すると、なんとぬいぐるみは眩《まばゆ》い光を放ち始めた。

「わわっ」

突然のことに、修二は驚く。ぬいぐるみ店長はしばし輝き続けて、ようやく収まった。元に戻ったようで、大きな変化があった。ぬいぐるみ店長の胸元に、大きな肉球マークが出現したのである。

「三日ほどで修繕は終わるから、その時はまた持ってくるがよい」

戸惑う修二に向かって、店長はそう言ったのだった。

店から出ると、修二は家に向かって歩き出した。

提げている家電量販店の紙袋には、あのぬいぐるみ店長が入っている。ぬいぐるみを預けたら、代わりのぬいぐるみが貸し出された。なんとも珍妙な感じである。車検で車を預けた時の代車みたいなものだろうか。

家に帰り、修二はふうと溜《た》め息をついた。続いて、ぬいぐるみを紙袋から出す。見れば見るほど店長にそっくりである。ちょっとふてぶてしい面構えから、夕日を思わせる瞳《ひとみ》の色まで、完全に再現している。

今までぶたがあった場所に、ぬいぐるみ店長を置いてみる。仁王立ちする姿は、存在感抜群だ。

「ふうう」

もう一度溜め息をついてから、靴を脱ぎ、玄関にあがる。とりあえずテレビでも観よう。——ただ漫然と繰り返してばかりいては鈍ってしまうぞ。

座椅子に腰を下ろしたところで、店長の言葉が脳裏に蘇《よみがえ》った。

言わんとするところは分かる。しかし、中々実際の行動に移れるわけもなかった。どうすればいいのか、分からないのだ。

『エージェント・カーマイケル。取引だ。証人保護プログラムを申請する』

そして、修二は再びテレビを眺める。ぼんやりと、無目的に。


次の日の朝。修二は大体いつも通りの時間に目覚めた。普段なら朝ご飯も菓子パンだが、今日は何だか小腹がすいているのでカップ焼きそばを作ることにする。朝にがっつり食べておけば、夜までお腹が空《す》かないので楽だというのもある。

やかんで湯を沸かし、お湯を注ぐ。時間通り待つのは面倒なので、早めにお湯を捨てる。ちゃぶ台に持っていって、コンビニでもらってきた割り箸《わばし》を割る。さあ、食べよう——

「まさか、それが朝ご飯なの？」

後ろから、そんな声がした。

「朝にある程度食べたら、昼は食べなくて楽だとか考えてるんじゃないでしょうね？」

ひどく懐かしく、そして二度と聞くことはないと思っていた声。

「雅子、か？」

三年間呼んでいない名前を口にしながら、修二は振り返る。

「まったく、放っておくと際限なく自堕落になるんだから」

そこにいたのは、ぬいぐるみ店長だった。後ろ足で仁王立ちし、前足を組んでいる。

「ちょっと、叩《たた》き直さないとダメみたいね」

ぬいぐるみ店長が喋《しゃべ》る。雅子——すなわち、修二の妻の声で。

勿体《もったい》無いからということで、カップ焼きそばを食べることは許可された。

「さあ、始めるわよ」

そして食べ終わるなり、ぬいぐるみは早速指示を出してくる。

「まず掃除！　掃除機を掛けなさい！　どうせ最初の内は少しは掛けてたけど、ごみのパックがいっぱいになって交換するのが面倒で、それからはほとんどしてないんでしょう」

「いや、ちょっと待ってくれよ」

ぬいぐるみの指摘は概《おおむ》ね事実だが、それ以前の話である。

「雅子、なのか？」

「当たり前でしょう」

ぬいぐるみは、ふんと鼻を鳴らした。ぬいぐるみなのにしっかりふんと鳴っている。

「あなたみたいにいい加減な人間の世話なんて、他に誰が焼くっていうのよ。さあ、パックの交換よ。新しいパックは二階の左の部屋にあるわ。さっさとなさい！」

そう言って手を叩き急《せ》かしてくる姿に、在りし日の雅子の姿が重なる。

「ほら、ぼやぼやしない！」

空気を震わせる、というより突き破るような声質。てきぱきとした、というのを通り越してせわしない話し方。有無を言わせぬ、力に満ちた語気。間違いなく、雅子だ。立って歩いて喋る猫の次は、死んだ妻の声で喋るぬいぐるみの登場である。まったく、何がどうなっているのか。

「さっさと立って動く！」

ひたすら混乱しながらも、修二はぬいぐるみ店長の——雅子の指示を実行し始めた。昔からこうだ。雅子の声には逆らえない。

「完璧《かんぺき》とは言い難いけど、ひとまず最低限ね。明日《あした》からはもっと細かく丁寧にかけるのよ」

雅子からお許しが出たのは、正午を回ってしばらくしてからのことだった。

「ええっ、そんなあ。もう大丈夫だろ」

仏間の畳の上に寝転がり、修二は唇を尖《とが》らせた。布団を畳ませられたので、畳の上で横になっているのである。

「全然大丈夫じゃありません」

そう言うと、雅子は床の間に飛び込んでごろごろと転がる。

「見なさいこれ！　埃《ほこり》だらけじゃない！」

戻ってきた雅子の体には、確かに埃が沢山ついていた。自分の体をハタキにしたかのようだ。

「毎日しろとは言いませんけど、ある程度の間隔でやっておかないと手が付けられなくなるのよ」

雅子はとことこ歩き、修二の前に立つ。

「ここみたいにね！」

そして、修二の腹にパンチを決めてきた。

「ごふっ」

思わず漫画みたいな呻《うめ》き声を上げ、修二は体をくの字に曲げる。

「なんなの、その脂肪。メタボどころの話じゃないわよ。何か新しい生物が宿ってそう」

「そうかなあ。昔からこんなもんだろ」

修二は若い頃からずっと、今でいうところの「ぽっちゃり体型」である。伊達《だて》にぶたのぬいぐるみのそっくりさん扱いされていたわけではない。

「いいえ。明らかに悪化しています」

べしべしと殊更修二の腹を叩くと、雅子は宣言した。

「まずは体操から始めるわよ。さあ、立ち上がりなさい」

「ええ、面倒だなあ」

「あなたはもう前期高齢者なんだから、若い頃と同じ感覚でいたらえらい目に遭うわよ。生活習慣病になるだけじゃなくて、足腰が弱ると家の中で転んで大怪我するかもしれないし、運動不足は認知症の引き金にもなるんだから。不摂生をするのにも体力がいるの。年を取ったら身の程を考えて暮らさなくちゃ」

「むむ」

そう言われると、返す言葉もない。ただでさえ、物忘れが気になっているのだ。

「分かった、分かったよ」

しぶしぶ、修二は立ち上がった。

「はい、それじゃあ足を開いて。次に両方の腕を曲げつつ、胸の前で両手を握って開きます」

雅子はぬいぐるみの手足を振るい、さながらインストラクターのように指導してくる。

「これが運動になるのかい」

修二は早速ぶうぶうと不満を垂れた。こういうのを真面目にやるのは、妙な気恥ずかしさがある。

「まずは準備なのよ。はい、次は軽く振って。いち、にい、さん、し——」

はじめのうちはおままごとのような内容だったが、徐々に動きは激しくなり、終わる頃には修二は汗だくになっていた。

「ＮＨＫでこういう体操の番組があるから、それでも見て続けなさい。最終的には有酸素運動をしっかりできるようになるのが目標よ。そうでもしないと痩《や》せないんだから」

「えええ」

修二は悲鳴を上げる。有酸素運動というと、ウォーキングとかジョギングとかのことだろうか。そんなしんどそうなもの、勘弁してほしい。

「水分補給して休憩したら、お風呂《ふろ》掃除よ。さっき見たけど、あれは何なのよ。カビだらけじゃない。カビに間貸しでもしてるの？」

しかし、雅子は情け容赦なく急き立ててくる。こんなところもやはり雅子だ。

いつも雅子は先へ先へ進んでいく。最後の最後まで、そうだった。

風呂掃除が終わると、修二は近所のスーパーへと送り出された。コンビニ以外のところで買い物するのも、久しぶりである。

修二が言われたものを買って帰ってくると、雅子は言った。

「さあ、教えるから料理しなさい。練習よ」

「またまた。冗談はよし子さん」

修二は笑い飛ばす。六十五年以上の人生、料理なんてやったことがない。エプロンを着けたことさえないのだ。今更練習して何になるのか。

「面白くない死語はいいから。さあ、始めるわよ。準備なさい」

雅子の声は、完全に本気だった。

「いい？　固形ルウを使ったカレーは初心者向け料理よ。箱の裏に書いてある通りに作ればカレーになるんだから。その割に切って炒《いた》めて煮てっていう風に基本の動作が全部入ってて、練習になるの」

流し台に立った雅子が、そんなことを言ってくる。

「うん」

しかし、返事をするのがやっとだ。何しろ、今の修二は包丁を持っている。そう、包丁である。ひょっとしたら生まれて初めてかもしれない。まさか、還暦を過ぎてこんな日が来ることになろうとは。

「ルウを変えればシチューやハヤシライスが作れるし、肉じゃがも作り方はほぼ一緒よ。これができるだけで一気に手数が増やせるわ。どれもダイエット食ってことはないけど、ご飯を少なめにすればいいでしょう。少なくともカップ焼きそばと菓子パンだけで過ごすより遥《はる》かにマシだわ」

雅子が色々言っているが、首を縦に振るだけで最早《もはや》返事もできない。おっかなびっくり、皮を剝《む》いた人参《にんじん》に包丁を通す。

「違う違う、押さえる手の形はこう。もっと猫の手みたいにするの」

雅子が割り込んできて、指を一本一本曲げさせてきた。

「押さえにくいんだ」

修二は不平を口にした。こうしたら指を怪我しにくいということくらいは知っているが、実際にやってみると野菜を固定しにくくて仕方ない。

「文句言わないの」

「はいはい、分かったよ」

そう言って、修二は調理を再開しようとする。

「——雅子？　どうした？」

そこで、修二はきょとんとした。雅子が、置いた手を離さないのだ。

「いいえ、何でもありません」

そう言って、雅子はそっと手をどけた。


カレーは中々の味だった。概ね食品会社任せの味付けとはいえ、自分が作ったものがこれだけ美味《おい》しいということに修二は驚いた。

ご飯を食べると洗い物をして、お風呂に入ろうとしたら食後すぐに入るのはよくないと雅子に注意されたので、少し時間を空けて入った。小綺麗《こぎれい》になったお風呂でゆっくり過ごす時間は、中々に快適だった。

お風呂から出た頃には、修二はすっかり眠気をおぼえていた。そろそろ寝ると雅子に言うと、雅子は自分も一緒に寝ると言い出し、二人で枕を並べることになった。

「歯磨きの時は、まめに水を止めなさい。未《いま》だに出しっぱなしにする癖直ってなかったのね」

修二はまったく寝付けなかった。雅子が、隣の布団からあれこれと叱ってくるのだ。

「あと、二階の廊下の電球どうして一つ切れたままになっているの？　危ないじゃない」

「いやあ、節約しようと思って」

眠さを堪《こら》えて弁明すると、

「うそばっかり。買うのが面倒なだけでしょう。本当に節約を云々《うんぬん》するなら、歯磨きの時に水を止めなさい」

すぐに封じられてしまう。

「分かった、分かったよ」

辟易《へきえき》しつつ横を見ると、ぬいぐるみ姿で布団に入った雅子がいた。冗談のような光景だ。

「その『分かった』は分かってない時の『分かった』ね。——ところで、そういえば新聞が全然ないけど、どうしたの？　ちゃんと読むにこしたことないわよ。修太郎も、『なんだかんだ言ってインターネットの情報も新聞や週刊誌からの転載だったりする』って話してたことがあるし」

雅子は、矢継ぎ早に言葉を浴びせてくる。そうだ、そうだった。いつも、寝る直前になってから雅子は余計喋《しゃべ》るのだ。

「解約したよ。読んだ後で回収に出すのが面倒で」

「ダメよ。あなたは本も読まないんだから、文字を読むっていう習慣をつけないと本当に惚《ぼ》けちゃうわよ。物忘れは年を取ったら普通にあることだけれど、だからってほったらかしていたら余計悪化するわよ」

「分かった、分かったよ」

「それから、料理もちゃんとするのよ。どうせ整理してなくて知らないでしょうから言っておきますけど、二階の真ん中の部屋の引き出しにわたしのレシピノートがあるから、それを見てちゃんと料理するのよ。あと、そうね、あとは――」

そこで言葉を切り、少ししてから雅子はぽつりと呟《つぶや》いた。

「ごめんなさいね」

今までの騒々しいほど元気なものとは、まったく違う。哀しみとも悔恨ともつかない、しかしそのどちらでもあるような声色。

「先に逝ってしまって、ごめんなさいね」

――雅子が死んだのは、友人と買い物に行った帰りだった。友人と別れ、一人で歩いているところで事故に遭ったのだ。即死だった。

「気にしないでいいよ。お前のせいじゃないさ」

忘れようとしていた記憶が、蘇《よみがえ》る。

雅子が死んで、修二は何度も何度も自分を責めた。買い物に付いて行けばよかったのではないか。せめて迎えに行けばよかったのではないか。雅子は定年後も家のことをずっとやってくれたのに、自分は彼女を危険から守ることさえできなかった。

だらだらといい加減な毎日を送りつつ、墓参りだけは欠かしていなかったのも、そういうことだった。せめてもの罪滅ぼしのつもりだった。何一つ、返してあげられなかったことへの。

「ちゃんと、ご飯食べてね」

雅子の声が、かすかに震える。

「本当はもっとご飯作ってあげたいけれど、もうできないから」

「ああ」

どうして、こんなことしか言えないのか。

「分かったよ」

雅子に伝えたいことは、もっともっと沢山あったはずなのに。

「ねえ、あなた」

どれくらい、経ったろう。修二がうつらうつらし始めたところで、雅子が訊《たず》ねてきた。

「あのぶたのぬいぐるみが見当たらないのだけど、あれはどうしたの？」

「ああ、あれはね。古くなったせいで糸がほどけてしまったらしくて、今お直し屋さんに修繕してもらってるんだ」

説明すると、雅子はおかしそうに笑った。

「あら、そうだったのね。あなたのことだから、何かの拍子で捨てたのかと思ったわ」

「捨てたりしないよ」

自分で思ったよりも、強い声が出た。

「捨てたりなんか、しないよ」

「そう」

雅子の声は、嬉《うれ》しそうだった。

「あのね。わたしがぬいぐるみを集め始めたのは、あのぶたのぬいぐるみがきっかけだったのよ。若い頃、お金もなくていつも同じ服ばかり着てたあなたが、わたしに買ってくれたのが嬉しくて。それから、ぬいぐるみが好きになったのよ」

──それに対して、何と答えたか。修二ははっきり覚えていない。すぐに眠りに落ちてしまったからだ。雅子の声の明るさだけが、やけに印象に残っていた。

る。

「おはよう」

次の日。目を覚ますと、修二は雅子に声を掛けた。

しかし、返事はない。横を見やると、そこには布団が敷いてあり、雅子が横になってい

「雅子?」

雅子は、ぴくりとも動かない。ようやく、修二は気づいた。雅子ではない。ぬいぐるみは、ぬいぐるみに戻っていた。

よく見ると、胸元の肉球マークが消えていた。込められていた何かの力が失われてしまったということが、修二にも分かった。

まただ。修二は肩を落とす。また、雅子は先に行ってしまった。いつも、彼女は修二を置いてけぼりにする。


修二は、雅子が言っていたレシピノートを探してみることにした。雅子に言われた通り、ほとんど整理をしていなかったのだが、すぐに見つけることができた。何冊もの大学ノートが、山積みで置いてあったのだ。

中身は、新聞の切り抜きだったり、テレビ番組のメモと思《おぼ》しきものだったりした。しばらくはただ料理の作り方を書き留めただけのものだったが、途中からカロリーや塩分につ

いての記述が増え始める。太る一方だった修二の健康を考え、あれこれ工夫してくれていたことが、一目瞭然《いちもくりょうぜん》だった。

ふう、と深い溜《た》め息が出た。それからふと気づく。雅子がいる時、修二は溜め息をついていなかった。音を立てて溜め息をついていたのは、雅子がいない寂しさを少しでも吹き飛ばそうとしてのことだったようだ。そのことに気づき、修二は深く息を吸いこみ――しかし、溜め息にして吐き出すことはしなかった。

前回訪れてからきっかり三日後、修二はもう一度あの猫庵《ねこあん》を訪れた。紙袋に、店長のぬいぐるみを入れて。

「失礼します」

「いらっしゃいませ」

青年が、笑顔で迎えてくれた。

「ぬいぐるみ、直りましたよ」

言って、青年はカウンターの中に入り、ぬいぐるみを出してくる。

「おお」

修二は驚いた。ただ縫い合わされているだけではない。ぬいぐるみそのものが、まるで新品のように綺麗《きれい》になっているのだ。

このぬいぐるみと初めて出会ったときのことを、思い出す。若く、何もかもが明るく輝いて見えたあの頃。隣にいつも雅子がいた――あの頃。

「ふふん、驚いたか」

太い男性の声が響く。声の主は、カウンターの上で得意げに反っくり返っていた。

「わしの手にかかれば、これくらいのことは造作もないのだ」

「あんまり褒めちゃダメですよ。店長、調子に乗りますから」

青年が、顔を寄せて言ってくる。

「童！　聞こえておるぞ！」

「耳良いですね。年を取って遠くなったりしてるかと思ったんですが」

「ぬうう！」

「あ、あの」

例によって繰り広げられるやり取りに、修二は遠慮がちに割って入る。

「む、なんだ」

それまで憤慨していた店長が、気勢を削《そ》がれたような表情で修二の方を向いてきた。

「ぬいぐるみを、持ってきたのですけれど」

そう言って、修二は紙袋を少し掲げて見せる。

「おう、そうか。どうであった？」

店長が、訊ねてきた。

「そうですね」

修二は、少し考える。

「とても、よかったです」

出てきたのは、そんな答えだった。

「左様であるか」

店長は、満足げに微笑みながら頷《うなず》いた。

「で、あれば。そのわしのぬいぐるみは進呈しよう」

そして、そんなことを言う。

「えっ、でも」

修二は戸惑った。貸し出し、という話ではなかったのか。

「よいよい」

店長は、ぶたのぬいぐるみを抱えてカウンターを飛び降り、修二の方まで歩いてきた。

「精魂込めて直したものだ。大事にするのだぞ」

「ありがとうございます」

修二は、しゃがんでぶたのぬいぐるみを受け取る。胸の奥から、感謝の念がわき出る。

ただぬいぐるみを修繕する以上の何かを、もらえたと思う。

「猫庵《ねこあん》さんに持ち込んでよかったです」

それを伝えるべく素直に言葉にしたところ、予想外の反応が返ってきた。

「ななっ！」

店長はくわっと目と口を開き、

「あーあ、今回もやっぱりですね」

青年がくすくすと笑ったのだ。

「どうしたんですか？」

修二が戸惑いながら訊ねると、

「何でもない、何でもないのだ。何でもないと言ったら、何でもない」

実に複雑そうな表情で、店長はそう言った。

結局それがどういうことだったのか、今でも修二は分からずにいる。あの日以降、猫庵の場所が分からなくなってしまったのだ。
物忘れがひどくなったのか——というとそんなことはない。むしろ、一頃よりも随分と良くなった。生活にメリハリが出てきて、ぼんやりしなくなったのだ。

修二は部屋の掃除をするようになった。運動も続けて、少しだけだが体重を減らすことにも成功した。新聞も毎日読んでいるし、料理だってレシピノートを見ながら続けている。修太郎や恭子と電話した時にそのことを話すと、「お父さんじゃないみたい」と驚かれた。

子供達には「その気になればこのくらい余裕だ」とうそぶいているが、実際のところしばしば面倒になってサボってしまってもいる。しかし、ずるずると怠けてしまうことはない。玄関に並べて置いてあるぬいぐるみを見に行くと、元気とやる気が湧いて来るのだ。

修二に似ているらしいぶたのぬいぐるみと、二本足で立つ猫のぬいぐるみ。これを見ると、一日だけの記憶と何十年もの思い出が一度に蘇ってきて、胸が温かくなる。自分のことを何よりも大切に思ってくれた、何よりも大切な相手の声が、聞こえてくるように思えるのだ。

溜め息をつくことも、なくなった。寂しくないわけではないけれど、溜め息でその寂しさを吹き飛ばそうとしなくてもよくなった。向き合って、進めるようになったのだ――

三章　背中で語る！　店長の後ろ姿ペンダント

——信じられなかった。

「元の場所に戻してきなさい」

氷のように冷たい目と、棘《とげ》のように鋭い言葉。

「ダメなものは、ダメだ」

手の中の微《かす》かな温《ぬく》もり。今にも消えそうなこの命を、自分は捨てろと言われている——


その日。猫庵《にゃあん》は一触即発の危機を迎えていた。

「絶対こっちです！」

「否！　こちらである！」

というか、見ようによっては既に大爆発していた。

「フィギュアスケートに決まってます！　全米女子のフリースケーティングなんです！」

「時代劇である！　このご時世に完全新作であるぞ！」

「CSのやつなんですから沢山リピート放送あるでしょ！　フィギュアは同じCSでもオンデマンドとかでややこしいんです！」

「初回放送を観たいのだ！　でないといんたぁねっとでねたばれされてしまうのだ！」

両者の主張は平行線を辿《たど》り、妥協の余地は見出《みいだ》せない。

「おやあ？　どうしたんだい、盛り上がってるじゃないか」

そんな時。店の扉を開けて現れたのが、一頭のパンダだった。背中に大きな荷物を背負い、四つ足でのそのそと歩いている。

パンダの名前は、上野《うえの》さん。こう見えて、猫庵の仕入れ業者である。

「あっ、上野さん！　聞いて下さいよ。店長が――」

「上野さん、聞いてくれ。この童《わっぱ》が――」

店長と青年が、同時に上野さんに話しかける。

「ふむふむ」

同時進行でなされる状況説明を聞いて、上野さんはうんうんと頷き、それから言った。

「一度に言われちゃ分からないよ。ちょっと喉《のど》渇いちゃったから、何か出してもらってもいいかな？」

「おいしいねえ」

テーブル席にどかっと座った上野さんが、満足げにそう言った。彼の手――ないし彼の前足にあるのは、シンプルなデザインの湯呑《ゆの》みである。

「わしの淹《い》れたほうじ茶だ。うまいに決まっておろう」

向かいの椅子に座った店長がにんまりすれば、

「ほうじ茶淹れるのに上手《うま》い下手があるんですか？」

店長の隣で、青年が首を傾げる。

「ほうじ茶とか、ドリンクバーでボタン押したら出てくるみたいなイメージがあるからね。でもこれだけ美味《おい》しいんだから、きっとあるんだろうさ」

上野さんは、そう言ってごくごくと湯呑みのお茶を飲み干した。

「ふう、生き返ったよ。外は寒いんだけど、荷物背負って歩いてると喉渇いちゃうね」

そして空いている方の爪で頰を搔《か》くと、

「とりあえず、聞いた分だと店長不利だねえ。録画したらよくないかな？」

ずばり裁定を下す。

「むむっ」

店長は動揺の色を浮かべ、

「ほら言ったでしょう」

青年は勝ち誇った。

「一緒にスケートを見て、終わったらすぐ録画を見る。これでネタバレ食らわずに済むよ」

上野さんの提示した解決策は、落とし所として非常に洗練されたものだった。

「むむ、む」

店長が目を白黒させて呻《うめ》く。

「店長、どうしました？　む以外の言葉忘れちゃいました？」

青年は、ここぞとばかりに追い打ちを掛けた。

「むー！」

悔しさのあまりか、店長は椅子の上でじたばた転がり始める。

「じゃ、フィギュア始まるまで片付けしようっと」

言って、青年がカウンターに入っていった。

「むぅぅ」

店長は、毛繕いを始める。手をぺろぺろ舐《な》めては、顔をごしごしとこする。

「不満があると顔を洗う癖、変わらないねえ」

それを見ながら、上野さんが笑った。

「ふん。不満などあろうものか」

口ではそういう店長だが、不機嫌さは端々から溢《あふ》れている。

「まあまあ。いいもの仕入れてきたから、機嫌直しなよ」

上野さんが、テーブルの脇に置いてあった荷物の中から、何やら包みのようなものを取り出す。

「紫式部《むらさきしきぶ》愛用の筆だよ」

「ほう！　それは興味深い！」

店長が、がばっと身を起こす。

「ちょっと、また何か怪しいもの仕入れてません？」

カウンターの中から、青年が咎《とが》めるように言った。

「ふん。古今の珍品を愛《め》づるは武士《もののふ》の嗜《たしな》み。ふぃぎゅあすけーとおたくには分からぬわい」

目をきらきらさせた店長は、青年の抗議を頭から撥《は》ね付ける。

「フィギュアスケートオタクからすると、倉庫の肥やしを増やし続ける嗜みとか窘《たしな》めたくて仕方ないです」

呆《あき》れた様子でそう言ってから、青年はカウンターの中の片付けを再開した。

「相変わらず仲が良いねえ。そうそう、お菓子も仕入れてきたから――」

上野さんが荷物から何かを出そうとしたところで、

「あだっ！」

そんな声が店内に響いた。

「んん？」

不思議そうに言った上野さんを筆頭に、店内の全員が声のした方――入り口の扉へ目を向ける。

そこには、一人の少女がいた。ダッフルコートを着て、下はジーンズ。サイドに流したポニーテールが可愛らしい少女は、なぜかうつ伏せで床に倒れていた。

――しまった。松岡摩夜《まつおかまや》は後悔した。まさか、うっかり中に転がり込んでしまうなんて。好奇心に負けてしまった数分前の自分が憎い。

「大丈夫ですか？　入り口、滑りやすくなってたかなあ」

誰かが、声を掛けてくる。男性だ。

「いえ、いえ」

とにかく逃げないと。絶対普通の店じゃない。起き上がり、店の外へ飛び出そうとして、

「怪我してませんか？」

摩夜は動きを止める。心配げに駆け寄ってきてくれたのが、かなりの美青年《イケメン》お兄さんだということに気づいたのだ。

背はすらりと高く、顔立ちは整っている。身につけているのは猫がデザインされたエプロンで、華奢《きゃしゃ》な体つきと合わせてちょっと中性的な雰囲気もある。この人に「あだっ」と

か鈍くさい声を出したのを聞かれてしまったのかと思うと、ちょっと恥ずかしい。

「はい、大丈夫です」

摩夜はえへへ、と照れ笑いする。なんだ、普通じゃないか。自分が見たものは、やっぱり錯覚だったのだ。そうだ、街中でパンダを見かけるなんてあり得ない。

「びっくりしたよ」

奥の方で、誰かが喋《しゃべ》る。見やると、そこにパンダがいた。

「やっぱりいたー！」

錯覚などではない。パンダだ。パンダが、椅子に座ってこちらを見ている。

「そりゃいるよ。さっき来たばかりだからね」

しかも、あろうことか人間の言葉を喋っている。

「なに、これどういうこと⁉」


——つい、先ほどのことだ。

冬休みのある日。午前中から一人で外をぶらついていた摩夜は、「お直し処　猫庵《ねこあん》」なるお店を見つけた。「何でもお直しします」という謳《うた》い文句や、スタンド看板の可愛い文字とイラスト、そしてショーウインドーの中の素敵な小物や冬物衣料に惹《ひ》かれて様子を見ていると、中から言い争う声が聞こえてきた。何事かとショーウインドーの前で耳をそばだていると、いきなり荷物を背負ったパンダが現れ店の中に入っていったのだ。

ありえなさすぎる事態に衝撃を受けた摩夜は、そっと扉を開けて中の様子を窺《うかが》っていたのだが、バランスを崩してどってんばったんと店に転がり込んでしまったのである——


「パンダが喋ってる！」

摩夜は、パンダを指差して叫んだ。

「いやあ、驚かせるつもりはないんだけどね」

湯呑みを両手で持ったパンダは、実に悠々と答えてくる。

「そっちにそのつもりがなくても、こっちは驚いちゃう——いや、そうじゃなくて！」

そもそも、こうして人間とパンダが会話しているのがおかしい。

「ええい、落ち着かぬか」

渋く低い男性の声が聞こえてきた。声がする位置も低い。少し不思議な感じである。摩夜は学年でも一番目二番目に背が低く、自分より下の位置から話しかけられる経験があまりないのだ。

視線を落としてみる。そこには、一匹の猫がいた。

「まったく。何を騒ぐことがあるか」

猫は、摩夜の顔を見上げながら低音ボイスでそう言った。

「猫が喋ってる!?」

補足すると、後ろ足だけで立って二足歩行している。何だかもう、想像を絶する事態ばかりが起こっている。

「いらっしゃいませ」

イケメンの青年が、丁寧な口調で声をかけてきた。中学生の摩夜でも、お客さんとして接してくれるようだ。

外の看板には「お直しします」とあったが、中を見るとカウンター席があったりテーブル席があったりして、なんだかお洒落《しゃれ》な喫茶店のようである。お洒落な喫茶店に行った経験がないので、自信はないけれど。

「本日は、何かご用ですか？」

青年が、微笑みかけてくる。

「ああ、いえ。その」

どう答えたものか。摩夜が困っていると、猫がにやりと笑った。

「大方、上野さんを見かけて気になってついてきたのだろう」

「あれ？　僕、そんなに目立つかなあ」

パンダが、湯呑みを持ったまま首を傾げた。どうやら、このパンダは上野さんという名前らしい。

「とりあえず立ち話もなんですし、よろしければこちらへどうぞ」

言って、青年は摩夜をテーブル席に案内する。どうしたものかと思った摩夜だが、何だかノーとも言えず大人しく案内されてしまった。

「どうぞ。お茶をお出ししますから、少しお待ち下さいね」

摩夜が案内されたのは、あの上野さんというパンダの向かい側だった。テーブルの脇には、何やら荷物が山積みになっている。

二つ椅子が並んでいるが、とりあえず壁寄りの椅子に座ることにした。着ていたダッフルコートは、脱いで椅子の背もたれにかけておく。店内は、暖房が効いていて暖かいのだ。

「ご機嫌よう」

上野さんが挨拶《あいさつ》してきた。ちなみに上野さんの椅子は特製なのか、やたらと大きい。

「ども」

どう返事すればいいのか分からず、摩夜はとりあえず一番無難な言い回しを使った。

「しかし小娘。店に入るなら入るで普通に入ってこんか」

偉そうなことを言いながら、猫が摩夜の横の椅子に座ってきた。なんと、摩夜と同じように真っ直ぐ腰を下ろしている。背筋はぴんと伸びていて、猫のくせに猫背ではない。

「最近の子供の間では、受け身を取りながら建物に入るのが流行《はや》っているのか？」

「そんな訳ないでしょ」

摩夜は猫の言葉を否定する。椅子に腰かけた猫と会話するという状況のおかしさはさておき、最近の子供を代表しておかしな誤解を解く必要がある。

「わたし、別に入るつもりはなかったの。うっかり転んじゃっただけ」

そう、入るつもりはなかった。冒険なんてしてない。何が起こるか分からないことに手を出さない。摩夜は物語のヒロインじゃないのだから。そのことは、よく分かっている。

「お茶が入りましたから、とりあえず一服しましょう」

青年が、お盆を持って現れた。お盆には、湯気を立てる湯呑《ゆの》みが三つ載っている。

「僕もほうじ茶を淹《い》れてみました。違いがあるかどうか、試してみましょう」

青年は、摩夜たちの前に湯呑みを置いた。とても香ばしく、気持ちが少しふんわりする。

「おかわり淹れてくれたんだ。ありがとうね」

上野さんは、持っていた湯呑みを青年に渡すと、新しい湯呑みを両手持ちする。

「ふうむ」

上野さんは一口お茶を綴ると、少し考えるような素振りを見せた。

「美味《おい》しいんだけどね、なんだかちょっと違うね。どうしてだろうね」

そして、そんなことを言う。

「ふふん」

何やら、猫が威張りだした。目をつぶって胸を反らしている。鼻高々なのだろうか。

「ううん、店長に負けるなんて悔しいな」

青年が、残念そうに言った。

「店長!?」

摩夜は驚いた。喋るパンダ、喋る猫に続いて本日三度目の衝撃である。

「猫の駅長さんとかいるでしょ？　あんな感じですよ」

青年が、くすくす笑いながら言う。

「こりゃ。誤解を招くようなことをぬかすでない。わしはますこっとではない。このにゃあんを経営する庵主《あんしゅ》であるぞ」

「――にゃあん？」

本日四度目の衝撃。さすがに猫が口を利いたりした時に比べれば落ち着いているが、それにしても驚きは驚きだ。

「いや、その読み方は無理があるでしょ」

摩夜がそう言うなり、青年は笑い、上野さんは頷《うなず》き、店長は椅子の上でじたばたした。

三者三様のリアクションである。

「どうして誰も猫庵《にゃあん》と読んでくれないのだっ」

店長が悔しそうに叫ぶ。

「読めないわよ」

言いながら、摩夜は青年が淹れたお茶を一口飲んでみた。――うん。さっぱりしていて美味しい。これより猫が淹れたお茶がいいなんて、ちょっと信じられない。

「そうそう、思い出した。ほうじ茶に合うお菓子があるんだ」

言って、上野さんはテーブルの脇に置いてあった荷物の山から、何か袋らしきものを沢山取り出した。

「はい、笹団子。新川屋《しんかわや》さんのだよ」

袋には、上野さんの言う通り「しんかわやの笹だんご」と書いてある。

「おお、よいなよいな」

店長が、つぶらな瞳《ひとみ》を輝かせた。

「確かに、お茶と相性ばっちりですね」

青年も、店長の言葉に同意する。

一方、摩夜は目をぱちくりさせるばかりだった。笹団子。名前は聞いたことがあるようなないようなという感じで、どういうものか分からないのだ。袋に書いてあるのを読む限り、新潟名物らしいけれども。

「一つもらいますね」

青年はそう言うと、袋を開けて笹団子を取り出す。

笹団子は、俵型の何かを笹の葉でくるみ、茶色の紐《ひも》のようなもので縛るという外見をしていた。何だか、てるてる坊主に通じる雰囲気がある。

「笹団子、久しぶりだなあ」

青年は紐を器用に解《ほど》くと、笹をはがして中身の団子を取り出した。

団子は、葉っぱよりも少し薄い緑色をしている。形は、ひょうたんをもっとずんぐりむっくりにしたというか、頭と体を同じ大きさで作った雪だるまというか、そんな感じだ。

「あ、おいしい」

青年はそれをかじり、笑顔になった。よほど美味しいらしい。

「ふん、なっとらんな」

それを見た店長は、上から目線でダメ出しをした。

「笹団子とは、こうやって食べるものだ」

紐をひょいひょいと解くと、店長は笹を取り切らずに中身を食べていく。ハンバーガーを手が汚れないように持つ時包装を半分だけ取る、あの感じだ。

「その食べ方だと、笹の匂いがするじゃないですか」

「何を言う。それでこそ笹団子だ」

店長と青年の意見が対立する。

「どっちもいいと思うけど」

一方上野さんは、そう言ってから紐だけ解いて笹ごとむしゃむしゃ食べた。

「笹を取らないで食べるってのもありじゃない？　そもそも笹で包んで蒸して作るんだから、笹も残さず頂いちゃうのさ。何より、笹は美味しいしね」

多分それは上野さんがパンダだからだ、と摩夜は思う。

「新川屋さんのは安定して美味しいよね。サービスエリアとか土産物屋さんでもよく見かけるし、地元のスーパーとかでもよく入荷してるし、定番感がある——」

上野さんの言葉を遮って、ぴこりんという音が響いた。

「ん？」

上野さんはまた荷物を漁《あさ》り、今度はタブレットを取り出す。

「ああ、ちょっと用事ができたね」

爪でちょちょいとタブレットを操作すると、上野さんはそんなことを言った。

「じゃ、手芸用品とかコーヒー豆とかは置いて行くよ」

そして、荷物のうちの一部だけを背負って四つん這《ば》いで歩く。

「はーい。ありがとうございました」

そう言うと、青年は入り口まで行って扉を開けた。

「気をつけるのだぞ」

店長も、椅子の上で立ち上がって見送る。

「うんー。また面白いものが入荷したら持ってくるね」

振り返ってそう言うと、上野さんは店を出て行った。あのまま街を歩くのだろうか。謎は増えるばかりである。

「さて、小娘」

椅子に座り直すと、店長が摩夜を見てくる。

「お主も笹団子を食ってはどうだ。なあに、遠慮は要らぬ」

「はあ、じゃあまあ」

くれるというものを断ることもあるまい。摩夜は笹団子を手にした。

そして、そのまましばし固まる。この紐、どう解けばいいのだろう。

「真ん中の部分を解いたら、あとは結構勢いでいけちゃいますよ」

扉を閉めて戻ってきた青年が、そう教えてくれた。

「あ、ほんとだ」

言われた通りにやってみると、確かに簡単に解けた。一見難しい形で縛られているように見えるのだが、不思議なものである。

摩夜は紐を解ききると、笹の葉を全部外して団子を取り出した。

「むむ、わし流でやらぬのか」

店長が、不満そうに言う。

「そりゃあ、まあ」

猫とイケメン。参考にするなら、イケメンだろう。

「じゃ、頂きます」

摩夜は、団子をかじった。

「――！」

そして訪れるのは、五度目の衝撃。

まず、外側の弾力が凄《すさ》まじい。歯が逆に軽く押し返されるほどだ。固すぎず、柔らかすぎず。あくまでしなやかに、むちっむちっとした感触で、噛《か》むという行為そのものを楽しませてくれる。

続いて中から溢《あふ》れてくる餡《あん》もまた素晴らしい。外見ほどぱんぱんに詰まっているわけではないが、しっかりとした存在感がある。そして、オープニングを飾る弾力とばらばらにならず、流れるように本編を繰り広げるのだ。

「おいしいでしょう」

青年にそう言われても、摩夜はただ頷くことしかできない。口の中にある団子を、まだ飲み込みたくないのだ。

「葉を取り切らん方がよいのに。どいつもこいつも、分かっておらん」

ぶつぶつ言っている店長はとりあえず放置し、摩夜は団子の残りの分も食べる。やっぱり美味しい。笹団子、ただ者ではない。

「あ、そういえばそろそろ時間かな。ちょっとテレビ付けますね」

青年がカウンターの中に入る。

カウンターの中の壁には棚が取り付けられていて、雑多なものが並べられているのだが、その中にテレビがあった。

青年はリモコンでテレビの電源を入れ、チャンネルを変更する。映し出されたのは――

フィギュアスケートの生中継だった。

「あっ、そうか。今日は女子のフリーだ」

瞬間、思わずカウンター席まで行ってしまう。

「フィギュア、お好きなんですか？」

青年が、カウンターの中から顔を輝かせて摩夜を見てきた。同じ趣味の人かもしれない、という期待に溢れた面持ちだ。

「ええ、まあ。はい、そうです」

それに、摩夜は笑顔を作って返す。

「ふむ」

店長が何か意味深な目を向けてくるが、摩夜はあえてそれに気づかないふりをした。

フィギュアスケートは確かに大好きである。でも、ちょっと個人的な事情が色々あるのだ。それについてはあまり触れたくないので、話が広がるのは避けたかった。

「いやー、フリーでもほぼ完璧《かんぺき》でしたね」

本日の滑走が全て終わると、青年が感心したように言った。

「ええ。見応《みごた》えありました」

摩夜も頷く。意外な選手が優勝したので、二人して驚いているのである。

「小娘、楽しめたか？」

摩夜の隣に座っていた店長が、訊《たず》ねてきた。

「当たり前よ」

カウンター席で、美味《おい》しい和菓子とお茶を味わいながらフィギュアスケートを見る。何とも贅沢《ぜいたく》な時間だ。楽しくないはずがない。

「家だったらこうはいかないし。だって――」

言いかけて、摩夜は後悔する。やってしまった。いやなことを、思い出してしまった。

「大丈夫ですか？」

青年が、心配そうに訊ねてくる。どうやら、よほどひどい顔をしてしまったらしい。

「いえ、別に」

明るく否定しようとしたが、大失敗に終わった。顔も声も、がちがちに強張《こわば》っている。

わざとやっているのかと言われても否定できないくらい、ひどい。

「やれやれ。何かお直しがあるわけでもないし、厳密には業務範囲外な気がするが」

ふうと息をつくと、店長は口元を緩めてきた。

「猫の手、貸してやらんでもないぞ」

ちょっと意地悪な笑い方だった今までとは違う、優しい微笑みだ。摩夜の心に、じんわりと温かみが染みてきた。

「――実は」

意を決して、摩夜は口を開いた。

「お父さんと、ずっと、ちょっと」

摩夜は、父親との二人暮らしである。母はいない。摩夜が小学校に上がる前に、突然の病気でこの世を去ってしまったのだ。

母との思い出は、素敵なものばかりだ。二人で、一緒にCSのフィギュアスケート中継を観たり。日曜日の朝には、変身ヒロインのアニメ番組を観たり。

何だかテレビを観てばかりのようだが、勿論《もちろん》それだけではない。

『ぜったいに、きぼうはすてない！』

『一緒に、変身よ！』

母とは、よくごっこ遊びもした。ただ台詞《せりふ》を真似しただけではない。母が、変身ヒロインの衣裳《いしょう》から変身用アイテムまで一式揃えてくれたのだ。しかも、出来合いの市販品を買い集めたのではない。全部手作りである。

こうして、小さい頃の摩夜はヒロインとなった。困っている人を助ける優しさと絶対諦《あきら》めない心意気を合わせ持つ、愛と希望の戦士になったのだ。さすがに衣裳で外を走り回ることはしなかったけれど、近所のいじめっ子男子を死闘の末打ち負かしたり、迷子になった年下の女の子を親の元へ無事送り届けたりと大活躍をした。その度に、母は偉いと褒めてくれた。

母が病に倒れた時でさえも、摩夜は挫《くじ》けなかった。

『わたしの分も、頑張ってね』

病院のベッドの上で、痩《や》せ細った母からそう言葉を掛けられ、頷《うなず》いて見せたのだ。涙は、止まらなかったけど。

母がいなくなってからも、摩夜は日夜勇敢に戦い続けた。いつでもどこでも、胸を張って過ごした。母の分まで元気に過ごし、母の分までフィギュアスケートを観た。

公園で、友達と遊んでいた時のことだ。摩夜は、草陰で傷ついた鳩を見つけた。小さく、まだ毛も生えそろっていない、雛《ひな》だった。

鳩は、胸の辺りから出血していた。とりあえず持っていたハンカチを巻き付け、手当っぽいことをしてみたが、実際のところ摩夜も友達もうまくできているのかよく分からない。とにかくこのままにしていたら大変そうなので、摩夜は鳩を連れて帰ることにした。

抱きかかえた鳩は、温かい。そこには、確かな命が感じられた。絶対に、守らないと。

決意して、家に帰ってきた摩夜。その前に、父が立ち塞《ふさ》がった。

父は母と違って寡黙で、感情もあまり表現しない人だった。母の心電図がぴーっとなった時も、お通夜でもお葬式でも、涙一つ見せなかった。

「それはなんだ」

そんな父が、玄関で腕を組んで立っていた。初めて見た表情だった。——父は、怒っていた。

「けがしてたの。助けてあげようと、おもって」

恐る恐る摩夜がそう言うと、父は氷のように冷たい目と言葉でもって命令してきた。

「元の場所に戻してきなさい」

「どうして？　可哀想だよ、このままじゃ死んじゃうよ」

「ダメなものは、ダメだ」

腕の中の鳩の温《ぬく》もり。それさえも、瞬時に凍らせてしまうかのようだった。

ぽろぽろ泣きながら、摩夜は公園に戻った。誰かに見られないように、友達に知られないように、人目を避けこそこそと移動した。何だか、とても情けなかった。

元の場所に、鳩を置く。鳩は動く元気もないようで、力なく横たわるばかりだった。

「ごめんね、ごめんね、ごめんね」

溢れる涙を拭《ぬぐ》いもせず、摩夜は何度も謝ると、そこから逃げ出すように走り去った。


――あの日以降、父とはほとんど会話をしなくなった。摩夜は必要がある時しか父に話しかけず、父も同様だった。

同時に、摩夜はヒロインであることをやめた。フィギュアスケートをよく観るだけの、普通の女の子になった。


「そんな感じです」

いつしか、店には夕日が差し込んでいた。店内は赤みがかった橙色《だいだいいろ》に染め上げられ、どこか物寂しい雰囲気を醸し出している。

「それから、お父さんを見たり、話したりすると何だかすごく嫌な気持ちになるんです」

嫌といっても、嫌いなわけではない。ただ、どうにも自分の気持ちが扱いきれないのだ。「父」という存在を意識するや否や、胸の奥に得体の知れない苦い塊のようなものが湧き上がってきて、話すことすらままならなくなるのである。

「ふむ」

店長は、前足を組む。何か、真面目に考えている様子だ。

「今日は土曜でお父さんがお家にいるから、外に出てたんですね」

青年が、深々と頷いた。

「聞いてくれて、ありがとうございました。少し楽になりました」

摩夜は、青年と店長にそう言った。嘘ではない。本当に、少しだけ気が楽になったのだ。今まで、誰に話したこともなかった。

「おい、童」

ふと、店長が口を開いた。

「この前、わしが作ったぺんだんとはどこにある」

「はいはい。片付けた時に、よけておきましたよ」

言って、青年がカウンターの中でしゃがみ込む。

「ありました。これでしょ」

それは、猫のペンダントだった。目や鼻などはついておらず、その姿を象《かたど》るようにして表現している。金属製であり、夕日を受けてきらきらと輝いていた。

「これ、店長が作ったの？」

とても可愛いペンダントである。これを猫が作ったというのは、信じがたい。

「うむ。後ろ姿なのだ。背中で語っているわけだな」

店長が嬉々《きき》として説明する。

「店長は口を開けてもあれやこれやと喋《しゃべ》るのに、背面でも喋るんですか。騒がしいですね」

青年は、わざとらしく溜《た》め息をついて見せた。

「やかましい」

青年に怒ってから、店長がペンダントに前足を押しつける。瞬間、ペンダントが眩しい光を放った。六度目の衝撃。店長は、喋ったり立って歩いたりするだけでなく魔法さえ使えるのか。

「これでよし、と」

店長が足をどけると、猫の体に小さな肉球のマークが付いていた。まるで、何かのロゴのようだ。さっきまでこんなマークはなかったのに、一体どういう仕組みだろう。

「小娘。このぺんだんと、お主にくれてやる」

そんなことを言って、店長はペンダントを差し出してきた。

「え？　ああ、うん、ありがとう」

唐突なプレゼントである。戸惑いながらも、摩夜は受け取った。

「付けてみい」

店長が促してきた。言われるがままに、摩夜はペンダントを付けてみる。

「よくお似合いですよ」

青年が、手鏡を出してきて摩夜を映してくれた。

鏡の中にいるのは、確かに摩夜だ。しかし、何だか雰囲気が違う。胸元のペンダントが、摩夜を少しだけ大人っぽくしてくれているように感じられた。


青年に見送られ、摩夜は店を出た。日はとっぷり暮れている。そろそろ家に帰らないと。

しかし、本当に不思議な一日だった。何だか、ずっと夢を見ていたような気さえする。

「――あれ？」

歩き出して、摩夜は何かがおかしいことに気づいた。やたらと地面が近い。一方で、えらく視界が広くなっている。何だか、とても不思議な感覚だ。

一体どうしたのか。不気味に思いながら、摩夜は首を前後に動かして歩く。

「は？」

首を、前後に？　何だか変だ。普通、首は上下左右に動くものである。首を前後に動かすとか、ミュージシャンがリズムを取るときにやっているのを見るくらいだ。

きょろきょろと辺りを見る。すぐ側に、ショーウインドーがあった。何だか、やたらと大きい。置いてある小物も巨大化していて、まったく小さくない。これでは大物だ。

ショーウインドーをよく見ると、一羽の鳩が映っていた。まあ鳩ぐらい映ってもおかしくないのだが、引っかかるのがショーウインドーには鳩しか映っていないことだ。もっと、他に映るべきものがあるはずなのだが。

怪訝《けげん》に思いながらショーウインドーに近づくと、ショーウインドーに映った鳩も近づいてくる。

「えっ？」

右に動くと、鳩もついてくる。逆方向に行っても、やはりついてくる。

――そろそろ、状況ははっきりし始めている気がする。いや、まだだ。まだ認めるわけにはいかない。確証を得るのだ。もっと、はっきりと分かる行動を取ってみるのだ。

意を決し、摩夜は両手を上げてばんざーいとやってみる。すると、ショーウインドーに映った鳩は、両方の翼を広げて飛び立つような姿勢を見せた。

ここへきて、もはや認めるしかなくなった。変身ヒロインという夢を、摩夜は鳩に変身することで叶《かな》えたのだ。

「って、そんなわけあるかー！」

意味が分からない。どうして、このタイミングで鳥にならねばならないのか。

鏡に映った摩夜は、首にあのペンダントを巻いていた。金属製の猫も肉球マークもそのままで、鳩サイズになっている。どうやら、摩夜の変身に合わせて大きさを変えたらしい。

「――もしかして」

このペンダントが原因ではないのか。何しろ、喋る猫なんていう怪しさ大爆発の相手がくれたものだ。受け取った人間を鳩にしてしまうことも、あるかもしれない。

「んしょ、んしょ、よいしょ」

摩夜は必死で扉の前に移動した。苦情を言うのだ。

「ちょっとー！　何してくれるのよー！」

叫ぶが、誰も出てこない。多分、ぽっぽーとかぐるぐるとかそういう鳩の鳴き声にしか聞こえていないのだろう。

「ああ、どうしよう」

摩夜は扉の前を行ったり来たりする。困った、困った――

――瞬間。摩夜は不穏な気配を感じた。とても危険な、何かが近づいてくる。

慌ててその場から離れようとしたところで、ばさばさという音が辺りを圧するように響いた。黒い翼、太い嘴《くちばし》。カラスだ。

カラスは、一直線に摩夜の元に飛んで来た。

「ひゃあっ」

慌てて避《よ》ける。大変だ。摩夜は今、カラスに襲われているらしい。いきなり、弱肉強食の自然界に放り込まれてしまった。

初撃を外したカラスだったが、諦めることなく摩夜を襲う。カラスが鳩を襲うなんて知らなかった。一緒になって餌やりおじさんにパンの欠片《かけら》をねだっているイメージだった。

「やめてー！」

摩夜は逃げ惑った。カラスはしつこく、摩夜を追い詰めてくる。

「あの、鳥同士話し合いましょう！」

カラスに呼びかける摩夜だが、反応はない。どうやら意思疎通は不可能なようだ。鳩は鳩、カラスはカラスということか。

摩夜は絶望する。ああ、こんなところで食われてしまうのか。そんな、なんてひどい人生だ。いや、人ではなく鳩として終わるから鳩生なのか——

「こっちだ！」

いきなり、誰かが呼びかけてきた。目を向けると、離れたところに一羽の鳩がいた。鳩同士、意思が通じるようだ。逞《たくま》しく突き出た胸が目立っている。まあ鳩だから鳩胸なのは当たり前とも言えるが、傷痕《きずあと》のようなものがあるのが印象的だった。

現在摩夜自身も鳩でややこしいため、仮にこの鳩はお助《たす》けさんと呼ぶことにする。センス皆無だが、カラスから命懸けで逃げている状態でネーミングに凝っている余裕はない。

「た、助けてっ」

必死で、摩夜はお助けさんの方に走る。実際のところ鳩は人間のような感覚で走れるわけではないので、凄《すご》い勢いで顔を前後に動かしながら早歩きすると言った方が近い。

カラスは、なおも摩夜を追いかけてくる。ひょっとしたら、獲物が二羽に増えたと喜んでいるのかもしれない。

「次に飛びかかられたら、同時に飛ぶぞ」

お助けさんは、そんなことを言ってきた。

「ええっ？　飛び方なんて分からないよ」

摩夜は鳩歴数分程度の新米鳩である。いきなりそんな上級技術を要求されても困る。

「飛び方が分からない？　信じられないことをいうヤツだな。――ああ、もう仕方ねえ！　おいカラス野郎、こっちだ！」

お助けさんは、両の翼を体の前で打ち合わせるようにして一度羽ばたくと、空へと舞い上がった。それに釣られたカラスが、お助けさんを追いかけていく。

遠くなっていくお助けさんとカラスを啞然《あぜん》と眺めてから、はっと摩夜は我に返る。こうしてはいられない。どこかに身を隠さないと。

しかし、鳩の姿に適した隠れ場所というのが分からない。右往左往していると、ばさばさという羽音が聞こえてきた。びくりとする。まさか、カラスが戻ってきたのか？

「やっぱり、まだここにいたのか。とことん鈍くさいやつだな」

摩夜はほっとする。来たのはカラスではなく、お助けさんだった。

「こっちへ来い。ちょうどいい隠れ場所がある。ずっと他の鳩の巣だったが、最近空いたんだ」

お助けさんは、先に立って歩き始める。慌てて、摩夜はその後を追いかけた。

お助けさんは黙々と歩を進める。それに付いていく摩夜も、黙ったままだ。

何も喋らないでいると、自然と考え事ばかりになる。これから摩夜は、どうなるのだろう。

鳩として生きていくしかないのだろうか。お助けさんに教えてもらう場所に腰を落ち着け、枝を集めるか何かして巣を作り、お腹が空《す》いたら公園でパンを撒《ま》いているおじいさんの足下をうろうろする。そんな生活を送ることになるのだろうか。考えただけで気分が滅入る――

「おい、気をつけろ」

いきなりお助けさんに警告され、摩夜は我に返った。

「あの人間たちは、危ないぞ」

それは、小学生くらいの男の子たちだった。特に、おかしな様子はない。普通の子供に見える。時間帯からして、家に帰る途中だろう。

「来るぞっ」

しかし、お助けさんはそんなことをいってばさっとジャンプした。狼狽《うろた》えた摩夜がばたばたしていると、子供たちは石を投げてきた。

彼らにしたら、軽く投げられるサイズの石だ。しかし、鳩サイズの摩夜からするとちょっとした破壊兵器である。一撃一撃がとてつもなく恐ろしい。

摩夜は逃げに逃げ、近くにあった家の室外機の陰に隠れた。子供たちはようやく石を投げてこなくなった。他人の家にぶつけたら怒られるからだろう。

「おい、出てきてもいいぞ。あいつらはもう行った」

ずっと摩夜が隠れていると、外からお助けさんが呼びかけてきた。

「もう、ひどいよ！　なにあいつら！　何もしてないのに！」

室外機の陰から出るなり、摩夜は憤慨する。

「まあまあ、そう怒るな。人間の全てがああだというわけでもないさ」

そんな摩夜を、お助けさんがなだめてきた。

「俺はまだ雛《ひな》だったころ、人間に助けられたことがある。さっきの奴らよりも、もっと小さかったな。人間の雛だったんだろう」

「そうだったの」

摩夜の胸がちくりと痛む。その「人間の雛」は、摩夜よりも上手《うま》くやったようだ。やはり、やりようによっては助けられるらしい。あの頃の自分の無力さが思い出されて、情けない気持ちになってしまう——

「その人間の雛は、よく分からんが俺の首のところに何かを巻いてきて、その後自分の巣まで俺を連れて行ってくれた。でも、親に怒られたみたいでな。結局、俺は元の場所に戻されてしまった」

「——えっ」

摩夜は息を呑《の》んだ。

「まさか、あなた」

あの時の、鳩の雛なのだろうか。胸の傷は——そういうことだったのか？

「なんだ？」

きょとんとした、まさに豆鉄砲を食らったような雰囲気でお助けさんが聞き返してくる。

「いえ、別に」

摩夜は内心の動揺を何とか抑え込み、それから訊《たず》ねた。

「その人間の雛のことを、あなたはどう思ってる？」

——いや、ダメだ。こんなことを聞いている時点で、全然抑え込めていない。

なんて馬鹿なんだろう。きっと、お助けさんは摩夜のことを恨んでいる。余計に辛《つら》い事実を、突きつけられるだけだ。それなのに、聞いてしまうなんて――

「その人間はな、俺を元の場所に戻しに行く間、ずっと泣き声を上げていた。きっと、謝っていたんだと思う。ひどく、悲しそうだった」

――お助けさんの雰囲気は、とても穏やかなものだった。

「人間は沢山食べ物があるし、大きい巣に住んでる。俺たちとは、全然違う暮らしをしてる。でも、何もかもが思い通りに行くわけじゃないんだなってその時分かったよ。だから、恨んだりはしないようにしようと思ったな」

お助けさんが近寄ってきて、摩夜の首辺りを突《つっ》いてくる。そこにあるのは、あのペンダントだ。

「お前の巻いてるこれを見てたら、あの人間がやってくれたことを思い出してな。何だか助けたくなったのさ。普段は、いちいち他の鳩を助けたりしないんだが」

――お助けさんは、やはりあの時の雛だった。自分のことを助けてくれなかった人間の気持ちを思いやって、許してくれていたのだ。

摩夜は思う。自分は、どうなのか。自分は今まで、人の気持ちを考えたことがあったろうか。相手が何を考え、どういうつもりでいたか、想像したことがあっただろうか？

「さあ、話はこれくらいにして行こうか」

お助けさんが、歩き出す。

「遅くなると、この辺りはイタチが出るから――」

「ごめんなさい！」

そんなお助けさんに、摩夜は謝った。

「どうした？」

お助けさんが、体ごと振り向いてくる。そんなお助けさんに、摩夜は伝える。

「助けてくれたのに、ごめんなさい。わたし、行かなくちゃいけないところがあるんです。話さなくちゃいけない人が、いるんです」

――そして、摩夜は目を覚ました。

自分の部屋のベッド。着ているものはパジャマ。スマートフォンで時間を確認すると、午前八時だった。

「夢かあ」

まあ、そんなものだろう。考えてみれば、当たり前だ。この世界に喋《しゃべ》る猫はいない。喋るパンダもいない。人間がいきなり鳩になることなんてないし、鳩が人間の気持ちを推し量ることもない。

寝転がったまま、鳩について検索してみる。何でも人間の顔を覚えるらしいし、外敵に襲撃されると群れを作って敵の狙いを逸《そ》らそうともするという。しかし、攻撃的であり鳩同士で喧嘩《けんか》もするそうだし、わざわざ他の鳩を身を挺《てい》して守ることはなさそうだ。

考えてみれば、当たり前である。まったく、随分都合のいい夢をみたものだ。あの鳩が生き延びて、しかも摩夜を思いやって許してくれるなんて。そんなこと、あるはずない。

ふう、と溜《た》め息をついて、夢のことを記憶の片隅に押し込む。まずは、日課のフィギュアスケートの情報サイトから始めよう。妙なことは忘れて、いつも通りの日常を過ごそう。

情報サイトは、全米選手権の話題で持ちきりだった。意外な女子選手が躍進したのだということ。

摩夜は、体を起こした。サイトに載っている、出場選手の点数や順位を真剣に確認する。

「――うそ」

それは、間違いなく。あの店で、笹団子を食べながら観た通りのものだった。

記憶にあるキーワードで検索してみる。「お直し処」「猫庵《にゃあん》」。ヒットしない。――やっぱり、夢ではないだろうか。実は家のテレビで観ていて、その記憶が入り混じってるだけではないのか。

ふと、学習机の上に目を向ける。そこには、見慣れないものがあった。チェーンと金属板からなる、首にかけるアクセサリ。

言葉も出なかった。それは、確かに。あの猫が——店長がくれた、ペンダントだったのだ。間違いない。本当に、何から何まで同じである。

いや、ただ一つだけ違うところがある。あの、小さな肉球のマークが消えていたのだ。

まるで、語るべきことは語り終えたと言わんばかりに。


摩夜は、リビングへ行った。そこには、父がいる。ソファに腰かけ、ノートパソコンを開き、仕事で必要だという色々な書類を読んだり、メールをやり取りしたりしている。傍らにはマグカップ。マグカップにはコーヒー。いつも通りの姿だ。

身に纏《まと》っているのは、スーツではなく部屋着である。——ああ、そうか。摩夜は思い出す。今日は日曜日だ。

ふと、疑問が浮かぶ。土日家にいても、父はよくああしてノートパソコンを開いている。休みの日にも、仕事をしているのだろうか？

考えてみるが、答えは出なかった。摩夜は父のことをよく知らないのだ。

一応職種くらいは知っている。責任ある立場にいるらしいことも聞いたことがある。

だが、父の日常というものは見当も付かない。距離を置いているうちに、いつの間にか父がどういう日々を送っているのか全く分からなくなっていたのだ。

リビングには、庭と繋《つな》がるガラス戸がある。そこから外の光を取り込んでいて、とても明るい。なのに摩夜には、父のいる場所だけが薄ぼんやりと霧がかかっているように思えた。

「おはよう」

言えることは、これくらいだ。一番無難な言い回しの、挨拶《あいさつ》。

「ああ。おはよう」

父が、ちらりと見てくる。眼鏡の奥の瞳《ひとみ》は、いつも通り何を考えているのか分からない。

そのまま、どちらも喋らない。大体いつもこうだ。いつもはこのままで終わる。父の仕事が早ければ父が会社に行くし、そうでなければ摩夜が先に学校に行くし、休日なら摩夜が部屋に戻る。そのどれかだ。

どうしよう。父の斜め後ろ、微妙に離れたところで摩夜は立ち尽くした。

父が何を考え、どういう気持ちでいるか想像しようとする——ダメだ。全然できない。分からない。考えようとすると、頭と胸がごちゃごちゃになってしまう。あの時の父の顔が蘇《よみがえ》って、息が苦しくなる。『元の場所に戻してきなさい』『ダメなものは、ダメだ』父の言葉が、声が再生されて怖くなる——

——その時だった。庭に、ばさばさと何かが降りてきたのは。

「あっ」

声が出る。降りてきたのは、お助けさんだった。

いや、鳩など大体みんな外見は同じだ。大まかな種類はともかく、一羽一羽の見分けが付くわけがない。ないはずなのに、どうしてもあの鳩がお助けさんに思えてならない。

「鳩、か」

父が呟《つぶや》く。摩夜は凍りついた。摩夜が声を出したせいで、父が鳩に気づいてしまった。もしかしたら、また何か言われてしまうかもしれない。あの時のような目で、あの時のような声で、何か言われてしまうかもしれない。

「摩夜」

ノートパソコンに目を落としたまま、父が口を開く。

「鳩のことを、覚えているか」

きた。足が震える。口が渇く、手に汗が滲《にじ》む。

「あの時は――」

父が振り返ってくる。唇が動き、そこから零《こぼ》れてきたのは、

「――すまなかった」

摩夜の予想だにしない、一言だった。

「お前を傷つけるつもりは、なかった」

父の瞳に宿っているのは、あの時の冷たさではなかった。もっと温かく、そして悲しげな光だ。

「お前は、母さんとの約束を守ろうとして、ずっと肩肘《ひじ》を張って必死に生きていた」

父の声にこもっているのは、あの時のような棘《とげ》ではなかった。もっと柔らかく、そして包み込むような穏やかさだった。

「そこから解放してやろうと思って、あえて冷たくしたんだ。それであんなに傷ついてしまうとは、思わなかった」

父は、少しうつむく。

「お前は、私が思うよりもずっと優しい子だったんだ」

何も、言えなかった。父は、摩夜が思うよりもずっと大人で。摩夜が気づいているよりもずっと、摩夜のことを愛してくれていたのだ。

父は立ち上がり、リビングの端にある棚の扉を開いた。そして、一冊のアルバムを取り出す。摩夜は驚く。そこにアルバムが入っていることさえ、知らなかった。

「この笑顔を、私は取り戻したかった」

リビングのテーブルにアルバムを載せ、父は一ページ一ページ開いていく。アルバムには、父と母と摩夜の笑顔が沢山あった。そう、父も――笑っていたのだ。

摩夜と父だけが写った一枚。母はいないので、彼女が撮影したのだろう。ヒロインの衣《い》裳《しょう》に身を包んだ摩夜が、武器を掲げている。足下で、父が地面に転がっていた。苦笑気味に、「やられたー」みたいなお芝居をしている。

そう言えば、そうだ。いつも、摩夜と母はヒロイン役だった。それだけでは、ごっこ遊びは成立しない。悪役になってくれる人がいたのだ。——ああ。どうして、忘れていたのだろう。

「お父さん」

摩夜は、父に抱きついた。涙が、後から後から溢《あふ》れ出してくる。これまで二人の間にあったわだかまりを、押し流すかのように。

「摩夜」

父が、無器用な手付きでそっと髪を撫《な》でてくれた。

「あ、フィギュア見るね」

少しして、摩夜は父から顔を離してそう言った。父のことを、摩夜は少し知った。次は、摩夜のことを少し教えよう。

「お父さんも見る？」

言いながら、摩夜はソファに座った。

「フィギュアスケートか。母さんも、よく見てたな」

父が、隣に座ってくる。

「お父さん、フィギュア分かるの？」

「ああ。四回転すれば点が高くて勝てるんだろう」

自信ありげな口ぶりで、父が言った。ひどい回答もあったものだ。

「全然ダメ」

情け容赦なく、そう指摘する。

「そうなのか？」

父はややショックを受けたような顔をした。

「そうよ。確かに高くて有利だけれど、高すぎるから次のシーズンから下げる方向で話し合われてるの。これからはもっと芸術的な要素を——」

そこでふと、摩夜は庭を見やる。そこに、もうお助けさんはいなかった。

証拠はない。でも、あれはきっとお助けさんだったと、摩夜には思えた。

四章　店長の首に鈴を付けよう　小さいビーズで作った店長人形

女性の言う「凄《すご》い」には、様々なニュアンスがある。本当にスペシャルだと感心しているもの、凄いと褒めて相手に気に入られようと目論《もくろ》むもの、相手が凄いと言ってほしそうだから付き合いで言うもの。

「課長って、ほんと凄いですよね」

そして、言外に「凄さは認めるけどわたしにはそんなの無理」という呆《あき》れを込めたもの。

「いいえ」

江口朱美《えぐちあけみ》は、そんな「凄い」を受け流した。社会人になって十年近く。この手の反応はもう慣れっこだった。

相手の広本菜月《こうもとなつき》は、入社してから半年程度の若い部下だ。どうやら、朱美のように「言われた以上の仕事を積極的にこなす」タイプの人間には慣れていないらしい。

「別に、」

大したことじゃないから——と言いかけて言葉を飲み込む。あまりバリバリ仕事をしていると、「上司に率先して時間外業務をされると、サービス残業しろというプレッシャーがかかる」と煙たがられるなんて話もある。部下に無理させたいわけじゃないし、何か違う言い方を考えよう。

「今度の日曜は、忙しくないし」

というくらいで、丁度いいだろうか。

——朱美は、自分をそこまで高く評価しているわけではない。この年にしては立派な肩書きを持っているが、もっと大きな企業でもっと大きな仕事を任されている同世代の人間なんていくらでもいる。

そういう意味で、「大したことじゃない」と言いかけたのは本心だった。そう、別に大したことではない。やるべきことを、やっているだけだ。

確かに「日曜の午前中だけ出勤」というのは、まあ面倒なことではある。休日が半分目減りするわけだし、いうほど休日手当が出るわけでもない。何かの評価が劇的に向上するわけでもない。ただ、誰かがやらないといけないのでやる。それだけの話である。

というわけで次の日曜日、朱美はパンツスーツを身に纏《まと》って会社に行った。済ませないといけない仕事を午前中でさっさと済ませ、昼食は会社の傍のそば屋でさっさと済ませ、そのままさっさと帰りの電車に乗り、座席が空いていたのでさっさと座った。

電車の中での時間潰《つぶ》しは、もっぱらスマートフォンだ。ゲームやメッセージアプリではなく、新聞の電子版がメインである。

就活の時一応目を通すべきかと取り始め、今でも何となく続けているものだ。立場的に損はなく、仕事面でもプラスがある。他に、この時間を使ってまでやりたい何かがあるわけでもない。やめる理由がないのである。

日曜日の新聞というのは、コラム多めだったり読書欄があったりと、平日と比較してややライトである。さっさと読み進めていた朱美だったが、とある記事で手が止まった。雷に打たれたかのような、衝撃を受けたのだ。

朱美が驚愕《きょうがく》したのは、各分野で活躍する女性に毎週インタビューする囲み記事だった。シリーズ自体は、別に普通だ。今回インタビューを受けていた人物が、問題なのである。

『歴史学者　平内憲子《ひらうちのりこ》』。写真は、黒板の前で講義する女性の姿をとらえたものだ。明るく美しく、一方で肩書きに相応《ふさわ》しい知性も湛《たた》えている。

朱美はこの女性を知っている。かつて、少しだけ互いの人生が交差した相手だ。

雰囲気は全然違う。「あの頃」のように眼鏡をかけておらず、随分と垢抜《あかぬ》けている。しかし、同姓同名の別人ではない。朱美には分かる。この女性は絶対に、「あの」憲子だ。

記事を読む。今の彼女は有名な大学の准教授で、テレビ番組の解説役として活躍しているらしい。はきはきした語り口と、短く要点を摑《つか》んだ説明で、人気なのだという。テレビをほとんど観ない朱美にとって、初めて知る話だった。

記事の最後は、こう締めくくられていた。

──テレビの歴史番組において、解説は年かさの学者が務めるのが「王道」だが、そんな風潮にも自然体で挑む。「長い歴史の中では人の一生なんてとても短いというけれど、まさにその通り。一人一人が年を取っていようともいなくとも、人類の歴史の前では大差ない。これからも、歴史の面白さを伝えていきたい」

記憶が、鮮烈に蘇《よみがえ》ってくる。彼女といた時のこと。今とは全然違う価値観と態度で生きていた朱美と、今とは全然違う雰囲気の彼女が、同じ場所で同じ時間を過ごしていた時のことを──

──時間潰しは、もっぱらｉＰｏｄだった。通学の電車の中だけではない。学校でも、休み時間となれば朱美は音楽を聴いていた。ジャンルは、激しくて騒々しいものだ。音楽が好きだから、というのも勿論《もちろん》ある。しかし、何よりも一番の目的は、どうでもいい話をシャットアウトすることだった。

格好良いアイドル、お笑い、お洒落《しゃれ》な服。クラスメイト達の話題は、その時々で変わる。

要するに、何でもいいのだ。重要なのは、「クラスメイトと話しているという状況」そのもの。自分がしっかり空気が読めて、クラスで浮いていない存在であるとアピールすることが一番大事なのだ。

とにかく不快な考え方だった。「みんなと一緒」「みんなと同じ」であることばかり重視し、そのためなら嫌いなものでも好きといい、好きなものでも遠ざける。うんざりした朱美は、ずっとお前ら話しかけるなオーラを放出し、音楽で周囲と壁を作っているのだった。

家から離れた高校に入学して、一ヶ月。クラスメイトとろくに喋《しゃべ》ってもいなかったが、別に不自由もしていない。このまま話しかけられなくても、全然問題ない。

「ねえねえ、江口さん」

しかし、実際のところはそうもうまくいかないものらしい。高校デビューの範囲内で男子ウケを狙ったクラスメイトの女子さんが、「フレンドリー」な笑顔で話しかけてきた。

「なに」

イヤホンを外しながら、朱美は愛想の欠片《かけら》もない返事を投げつける。

「江口さん、よく音楽聴いてるよね」

しかし、クラスメイトさんの笑顔は崩れない。

「どんなの聴いてるの？　教えてー」

教えてというので、朱美は教えることにした。アメリカのとあるバンドの、ファーストアルバムだ。メンバー全員が不気味な仮面をつけ、揃いのつなぎを着ているという外見や、轟然《ごうぜん》としたギターと絶叫するボーカルを叩《たた》き付ける音楽性が――

「ヨーガクかあ。あたし詳しくないなあ」

しかしクラスメイトさんは、海外のバンドだという時点で興味を失っていた。それ以降の部分の話は、完全に聞き流しているのが丸分かりだった。

「分かんないなら、聞いてる振りしなくていいよ」

頭に来たので、心のシャッターを叩き下ろす音を聞かせてやった。クラスメイトさんは、凍りついた表情で「あははー」などと取り繕いながら離れていった。

黙って朱美はイヤホンをはめ直した。話そうとするだけ無駄だ。みんなが興味があるものにしか興味はない。よく知らないものには手を出さない。どうせそんな感じなんだろ。あははー。


この「何聴いてるの事件」により、朱美のクラスにおける立ち位置は確定した。「よく分からないヨーガクを聴いてる怖い人」である。上等だった。

休み時間は一人で過ごし、放課後は校舎の屋上に移動するというのが朱美の日課になった。別にすぐ帰ってもよかったのだが、帰り道や電車で同じクラスの生徒達と出くわすとちらちら見てきて鬱陶《うっとう》しいので、時間をずらすようにしたのだ。

屋上には他に誰もおらず、まずまず快適な時間が過ごせた。夏になると暑いだろうし冬になると寒いだろうが、その時はその時だ。

一人の時間を満喫する朱美だったが、長続きはしなかった。呼んでもいないのに、乱入者が現れたのだ。

その日は、小雨がぱらついていた。当然ながら屋上に屋根はないので、朱美は出入り口にある庇《ひさし》で雨を凌《しの》いでいた。校舎の中に入ればいいだけの話なのだが、何となく外にいることにこだわっているのだ。意地みたいなものである。

いつものように音楽を聴いていると、出入り口の扉が開いた。何事かと振り返ると、そこには一人の女子生徒が立っていた。

背は低め。眼鏡を掛けていて、髪型はショートカットっぽい何かだ。雰囲気はおどおどしている。名札の色を見ると同じ一年生らしい。名字は、平内というようだ。

平内さんは、朱美をちらりと見てはまたうつむくというのを繰り返す。何とも妙だ。

「なに」

イヤホンを片方外して、朱美は訊《たず》ねてみた。平内さんは派手にびくりとする。

この怖がりようなら、逃げ出すだろう。朱美はそう思ったのだが、平内さんは妙に粘った。もじもじしながら、小さく深呼吸する。

「屋上に、用があって」

そして、何やら話し始めた。

「はあ」

朱美が言うのもなんだが、こんなところにどんな用事があるのか。しかも雨なのに。謎で仕方ない感じだったが、とりあえず濡《ぬ》れない程度に脇に寄って通り道を空けてやる。

平内さんは屋上まで歩み出すと、雨がぱらついていることに驚き、庇の中へ戻ってきた。

庇はそこまで幅がない。戻ってこられると、かなり近づき並んで立つ形になる。

何だか少し落ち着かない。かといって、特に話しかける理由もない。話題もない。気にしないことに決めて、朱美はイヤホンをはめ直そうとする。

「あの」

そこで、いきなり平内さんが話しかけてきた。

「なに」

戸惑いながら朱美が返事をすると、平内さんはがちがちに緊張した様子で向き直ってくる。校則遵守のスカート丈に、きっちり締めたネクタイ。優等生というよりは地味、真面目と言うよりは地味、何にせよ地味だ。

「わたし、平内憲子っていいます」

平内さんは名乗ってきた。ますます訳が分からない。突然現れた地味少女に自己紹介される筋合いなどない。

「よろしくお願いします」

平内憲子さんは、頭を下げてくる。そんな彼女の胸元で、何かが揺れた。胸ポケットに挿してあるペンの尻《しり》に、鈴が付けてあったのだ。小さく控えめで音もよく聞こえない、彼女の雰囲気によく似た鈴だった――


『――出口は、左側です』

車内放送が、朱美を追憶から現在に引き戻した。車内モニターに目をやると、もう自宅の最寄り駅だ。

――すっかり忘れていた。あの頃のことを思い出すのは、本当に久しぶりだ。

電車が停まる。スマートフォンをトートバッグに入れ、ファスナーを閉めると、朱美は立ち上がった。

ホームに降り立ち、改札を通り、駅から出る。頭の中は、過去のことでいっぱいだった。音楽でも聴けば、気分が変わったかもしれない。しかし、朱美はｉＰｏｄの類《たぐい》を持ち歩いていなかった。スマートフォンにイヤホンを挿してもいない。もうずっと、能動的に自分から音楽を聴くということをしていないのだ。

上の空で、帰り道を行く。今更思い返しても仕方ない記憶ばかり蘇ってくる。後悔しても意味のない失敗ばかり振り返ってしまう。胸が——苦しくなる。

お酒、飲もう。朱美はそう決めた。この状態のままでは明日《あした》に引きずりそうだ。

ドラッグストアに立ち寄り、チューハイとお菓子を沢山買った。自宅で飲む習慣はないので、銘柄などは適当である。レジで袋に詰めて貰《もら》い、その袋ごとトートバッグに入れる。別に袋は要らなかった気もするが、まあ部屋のごみ箱にでも使えばいいだろう。

ドラッグストアから出て少し歩いたところで、トートバッグの中のスマートフォンが震えた。今の震え方は、会社のメールアカウントだ。

少ししてから、再び同じパターンで振動する。立て続けに二度来るとは、何か緊急の用かもしれない。確認した方が良さそうである。

立ち止まって、トートバッグを開けようとする。ファスナーが妙に固い。力を入れて引き開けると、ドラッグストアの袋が挟まっていた。袋ごとファスナーを閉めてしまっていたらしい。気づかなかった。

スマートフォンを取り出して、メールを確認する。差出人はbloody_dark_nightmareウンタラカンタラというアドレスで、件名がそれぞれ『久しぶりです。紫香楽闇奈《しがらきあんな》です』『広本です。すみません間違えました』というものだった。

何となく事情は察したので、メールを削除する。開封しなかったのは温情だ。私用のメールを会社の上司に誤送信するのは管理がなっていないので、顔を合わせたら注意だけはしておかないと。やれやれだ。

朱美はスマートフォンをトートバッグに戻し、ファスナーを閉める。

「げっ」

そして、うめき声を上げた。ファスナーが閉まらない。開いたままで、端まで行ってしまったのだ。

閉まっている部分まで一旦《いったん》戻し、慎重にもう一度閉めてみる。やっぱり駄目だ。間違いない。ファスナーが壊れてしまった。泣きっ面に蜂、とはこのことか。

明日はとりあえずこの鞄《かばん》で出社し、帰りにどこかに寄って新しいのを買うしかないか。パンツスーツにトートバッグというコーディネートは、割合気に入っていたのだが。

歩き出して、再び立ち止まる。紫香楽ナントカさんからまたメールが来たとかではない。行く手に、一つの看板を見つけたのだ。

『お直し処　猫庵《ねこいおり》』『何でもお直しします』。看板にはそうあった。デザインの心得なりセンスなりがある人間の手によるものらしく、目を惹《ひ》くつくりになっている。庵《いおり》の字のはねる部分を尻尾《しっぽ》にするところなど、あざといくらいだ。

それはさておき。何でも直すというのは大変ありがたい。わざわざ買い替えるものを選ばなくて済むし、そもそもファスナー程度で鞄を買い替えるのも勿体《もったい》ない話だ。

猫庵なる建物の外装《エクステリア》は、小綺麗《こぎれい》で落ち着いたものだった。ショーウインドーがあり、服や小物などがあれこれ並んでいる。「お直し」の技術のアピールといったところか。

ショーウインドーの中身を、一通り眺めてみる。こういう手芸的なものは詳しくないので良し悪しを評価することはできないが、とりあえずいい感じに仕上がっているように見える。ファスナーの修繕くらいは簡単にこなせそうだ。

「すいません」

扉を開けると、朱美は声を掛けながら中に入った。

カウンターと、四人がけのテーブル席が二つ。店内は、さながらカフェの様な作りになっていた。赤い和傘がカウンターの上に差しかけられるように置かれているところからしても、全体のコンセプトは和風喫茶だろうか。「お直し処」という響きから、ゼペットじいさんの工房的な感じの内装《インテリア》をイメージしていたので、ちょっと意表を突かれた感じだ。

カウンターの上には、猫がいた。茶色の毛並みに、黒の縦縞《たてじま》。ごろりと横になって、朱美の方を見てきている。マスコット的な存在だろうか。お金を取って猫と遊ばせる猫カフェも広く普及したし、戦略としては悪くないだろう。

猫と目が合う。オレンジ――というには赤みが強い色の瞳だ。一番近いものを挙げるなら、夕焼けだろうか。見る者の心に感傷や寂寞《せきばく》を呼び起こさせる、あの色だ。

「いらっしゃいませ」

カウンターの奥にある扉が開き、一人の青年が入ってきた。年の頃は二十代そこそこ。若手の人気俳優といっても通じそうなほどの顔立ちに細身な体つきという組み合わせは、いかにも女子受けが良さそうだ。しかし一方で、瞳《ひとみ》の奥に単なるイケメンくんとはちょっと違う光も感じる。一筋縄ではいかないというか、老成というか。不思議な感じだ。

「店長。ちゃんと接客して下さいよ」

青年は、猫に声を掛ける。客が、気軽に猫とスキンシップできるようにという配慮だろう。ではそのご厚意に甘えて、この店長らしい猫と少し戯れてみるか——

「なあに。わしが相手をしてしまうと、童《わっぱ》の仕事がなくなってしまうからな。わぁくしぇありんぐだ」

すると、店長は減らず口を叩《たた》いた。ぶったまげる朱美である。猫が喋《しゃべ》った。ワークシェアリングなどという単語を、猫の口から聞く日が来ようとは。

「僕の仕事はたくさんありすぎて困るくらいです。減らしてくれて一向に構いませんよ」

青年は、平然とした様子で店長と会話を続ける。彼にとっては、日常的なことらしい。

「お席、どうぞ」

狼狽《うろた》える朱美に、青年は笑顔で席を勧めてくる。なるほど笑顔も魅力的である。しかし、それに騙《だま》される朱美ではない。

「どうして猫が喋ってるんですか？」

なんだか滑稽《こっけい》な質問だが、こう聞くしかない。

「これは異な事を言う」

店長が、カウンターから降りて床に立つ。

「猫が喋ってはならぬとは誰が決めたのだ。人間に話せて、猫が話せぬ道理がなかろう」

そう、店長は立っている。後ろ足二本で、直立している。そんな、バカな。

「小学生みたいな理屈ですね。『なんで悪いことしちゃいけないの？　えらい人でもやってるじゃない』みたいな。まさしく詭弁《きべん》です」

青年が、猫の論理の問題点を指摘する。猫の立ち方は物理的な理論に反しているように思えるのだが、そっちに突っ込みはないようだ。

「ええい、黙れ。揚げ足を取るでない」

猫が地団駄踏んで悔しがる。一挙手一投足が猫らしくない。いや、これはこれで可愛くはあるのだが。

「ともあれ、お主は座れ。庵主《あんしゅ》としてはだな、客に立ち話させるのは本意でない」

店長が、朱美を見上げて言ってきた。

「はあ」

促され、朱美はカウンター席へと向かう。

「今回は、どのようなご用でいらっしゃいましたか？」

座ったところで、青年がそう訊ねてきた。

「鞄のファスナーが、壊れてしまいまして」

朱美は、持っていた鞄をカウンターの上に置く。

「ふむ。見せてみい」

店長がカウンターの上に飛び乗り、ファスナーを覗《のぞ》き込んだ。

「童。この鞄に合うふぁすなぁとりっぱぁを持ってこい。あと鋏《はさみ》など諸々《もろもろ》の道具もだ」

そして、覗き込んだままで青年に指示を出す。

「分かりました」

青年はさっき入ってきた扉を開けて、外に出ていった。

「やれやれ。お主、力任せにふぁすなぁを引いたな」

顔を上げた店長が、朱美の方を見てくる。

「レジ袋が引っかかってて、つい」

弁明しながら、朱美は舌を巻く。見ただけでそこまで分かるとは、ただ者ではない。

「鞄の具合から見るに、普段そこまで乱暴に扱っているわけでもなかろう。何かあったか」

カウンターの上で正座すると、店長は朱美に言う。

「話してみい。猫の手を、貸してやろうぞ」

つぶらな瞳が、朱美の目を覗き込んできた。不思議な色合いの瞳は、こちらの心の中まで見通すかのような光を湛《たた》えている。

「ほれ、遠慮するな。言え、言うのだ」

朱美に迷う暇も与えず、店長はぐいぐいと身を乗り出してきた。

「いや、別に、何もないですよ」

朱美は口ごもってしまう。はっきりきっぱりと、拒絶できない。

「本当に何もないのだな？　自分一人で対処できると、自信を持って言えるのだな？」

店長の言葉を、否定しきれないのだ。

「わたし、は」

口を開いても、ただ内心の動揺が漏れ出るばかりである。

「店長、持ってきましたよ」

青年が、何やら沢山のものを抱えるようにして戻ってきた。居心地の悪さが増していく。

店長だけではなく、この青年にまで聞かれてしまうのだろうか。

「童。わしが良いというまで倉庫を片付けておれ」

なんてことを朱美が考えていると、店長は青年にそう申し渡した。朱美の内心を、理解したのだろうか。

「なんですか、その嫌がらせみたいな命令は。パワハラですよ」

青年がぶーぶーと抗議する。

「ちと、話を聞くのだ」

店長は、少し真面目な口ぶりで言った。

「悩みを抱えている人間が、いつもただ可哀想なだけだとは限らない」

そして、ちらりと朱美の方を見る。

「自分に非がある悩みというものもある」

朱美は唖然《あぜん》とした。朱美の煮え切らない態度だけで、そこまで分かったというのか。

「分かりました。何かあったら呼んで下さいね」

納得したか、青年は持ってきた道具類をカウンターに置くと、ドアを開けて出ていった。

「さて。お直しをしながら聞くとしよう」

そう言うと、店長は朱美の隣の椅子に座り、道具をあれこれいじり始める。猫座りではなく、人間のように腰かける座り方だ。

「ふぁすなぁを外して交換するが、それで良いな?」

店長が、聞いてきた。手、というか前足で持っているのは、彫刻刀のような道具だ。彫刻刀よりも金属部分が細長く、二股《ふたまた》に分かれている。片方が長く、もう片方が短い。

「外す?」

少し、意味が分からない。ファスナーは鞄にぴったりついていて、何かで留めているといった感じもしないのだが。

「ふぁすなぁの部分を解いて、新しいものを縫い付けるのだ」

店長はこともなげに言った。朱美は驚いてしまう。何だか、えらく大工事なようだ。

店長が広げている道具類に目をやると、確かに交換用のファスナーがあった。こういうファスナーが単品で存在するのか。初めて知った。

「自分で言うのもなんだが、腕は確かだ。傷が付くとかそういう心配は要らぬぞ」

店長が言った。青年が修理するのではなく、店長がやるらしい。しかし、先程《ほど》も自称していた通り、店長の手は猫の手である。本当に直せるのか。

「なあに、任せておけ。この程度、造作もないことよ」

朱美の不安をよそに、店長は自信満々である。

「ううん、まあそれなら」

ここまできたら仕方がない。半信半疑ながらも、朱美は任せることにした。中身を全部出してから、鞄を店長に預ける。

「うむ。大船に乗った気でおるとよい」

店長は作業を開始した。手持ち無沙汰《ぶさた》になり、朱美は自分の手回り品を眺める。

お酒にお菓子、小物入れ、化粧ポーチ、財布、ハンカチとティッシュ、スマートフォン。日によっては、書類や電子書籍を読むためのタブレットが加わるくらいだろうか。イレギュラーなお菓子とお酒を除いたら、これが今の自分というわけだ。実用的を通り越して事務的である。何の面白みもない。

憲子の姿を思い出す。電子新聞のモノクロ写真でも分かるくらい、彼女はきらきらと輝いていた。この違い、この差。

かつての彼女よりも、今の自分の方がつまらないかもしれない。あの頃の彼女が「地味」なら、今の自分は「無味乾燥」だろう。水道水のような——いや、水道水にもカルキ臭くらいはある。もっとつまらないものだ。水というより水分子だ。H_2Oだ。

「浮かぬ顔だな」

声を掛けられ、朱美は化学式の世界から現実へと戻った。

店長を見ると、彫刻刀みたいな道具で、どんどんファスナーを解いていた。どうして猫の手でそんな高度な作業ができるのか。理に適《かな》っていない。

「色々、思い出しちゃって」

朱美の口から、言葉がこぼれ落ちた。

「昔の友達が、なんかちょっと夢を叶《かな》えちゃったみたいなんです」

店長の作業姿のせいで、なんだか妙に力が抜けてしまったようだ。

「ほう」

作業を続けながら、店長は相槌《あいづち》を打つ。

「それを、わたし、喜べなくて」

言葉を重ねるごとに、ただもやもやしていた気持ちが、少しずつ形を明確にしていく。

「友達というても、さほど親しくなかったとかか？」

「違うんです。仲は良かったです」

店長の問いに、朱美は首を横に振る。憲子とは、ずっと一緒だった。あの頃の自分にとって一番の親友は彼女だったし、あの頃の彼女にとっても一番の親友は朱美だっただろう。

「仲は、良かったんです。でも、何て言うか」

そう。一番の親友だったのだ。

「何て、言うか」

あの頃、は。


――いきなり自己紹介してきた平内憲子さんは、その後「さようなら」といって帰っていった。訳が分からなかった。

次の日、ある事実が判明した。平内憲子さんは、なんと同じクラスだったのだ。全然知らなかった。

一ヶ月二ヶ月経てば、クラスの中の「勢力図」は大体確定する。可愛くかつ立ち回りの上手《うま》い女の子を核として一番メインのグループが形成され、運動部やら普通の子やらガリ勉やらアニメ好きやらのグループが、その「核」をダーツの的のように取り巻いていく。ちなみに朱美の立ち位置は的の外。壁とかその辺だ。ゼロ点間違いなしの位置である。

平内憲子さんはというと、外の方の円に必死でぶら下がっている感じだった。胸から下げた小さな鈴と同じく、注意して見ないと気づかないような、そんな存在感だった。

と、すると。独りぼっちにならないよう保険として朱美に話しかけてきたのだろうか。いや、そんな打算が働くならもう少しまともなファーストコンタクトをしてくるはずだ。あれはあまりに下手すぎる。やっぱり謎だった。

放課後。掃除当番を終えて屋上に行くと、そこには既に平内憲子さんがいた。ぽかんとする朱美に、平内憲子さんは「こんにちは」と頭を下げてきた。

その後、朱美が帰るまで平内憲子さんは何もしてこなかった。ただ、黙って何かの本を読んでいた。謎は深まるばかりだった。

次の日も、その次の日も。平内憲子さんは屋上にやってきた。本の次は、何やら古びた紙のようなものを広げてそれに見入っていた。

朱美はその間ずっとイヤホンをつけていたが、ろくすっぽ聴いていなかった。音楽どころではない。何だ。何なのだ、一体。

ある日。遂《つい》に朱美は決意した。どういうつもりなのか、問い質《ただ》そう。

「あの！　江口さん！」

するど、向こうから話しかけてきた。

「なに」

機先を制されて、つい普通に応対してしまう。

「江口さんの聴いてる音楽、わたしも聴いてみたいです！」

「えっ」

予想だにしない一言に、朱美は目を白黒させた。

「ええと」

慌ててブレザーのポケットからiＰodを取り出し、アーティスト一覧を眺める。

ちらりと平内さんの顔を見る。平内さんは、果たし合いでも挑むかのように真剣だった。音楽を聴く表情ではないが、とにかくいつぞやのクラスメイトさんとは本気度が違うことは明白である。これは真面目にやらないと。

「これかなあ」

手持ちの中で、一番有名だろうバンドにする。これもアメリカのバンドだ。リズミカルなラップと、ヘヴィなギターと、哀しいメロディを特徴的な声で歌うボーカルとが合わさった、日本でも大人気のバンドである。

iＰodに入ってるのは、セカンドアルバムだった。どの曲にしよう。どの曲も良い曲なんだけど——まあ、とりあえず三曲目でいいか。曲を選び、一時停止の状態にする。

「こっち右ね」

左右を教えながらイヤホンを渡す。平内さんは、ぎこちない手付きでイヤホンをはめた。

普段自分が聴いているのより少しボリュームを下げてから、朱美は曲を再生する。

平内さんの表情は変わらない。緊迫した面持ちで、何もない空中を睨《にら》んでいる。音楽に集中しているのだろうが、それにしても大げさだ。

こちらに音が聞こえないので、どこまで進んだのか分からない。iPodの時間表記を見てみるが、具体的にどの部分かというのはぱっとイメージできない。

一分。一分三十秒。時間だけが、進んでいく。平内さんの表情に変化はない。朱美はがっかりする。やっぱり、興味を惹《ひ》かれなかったのだろうか。いい曲なんだけどな。

——いや、もしかしたら。朱美は、うつむいて考え込み始める。

もしかしたら。単に自分が人に自分の考えを伝えるのが下手なだけなのかもしれない。周りとぶつかってしまうのは、コミュニケーションを上手く取れないからかもしれない。

急に不安になってきた。「何聴いてるの事件」も、考えてみれば朱美が悪かったのではないか。朱美は自分から望んで一人になったのではなく、周囲にとって望ましくない存在だから独りぼっちなのではないか。

もう一度顔を上げる。再生時間は二分二十秒辺り。平内さんはというと——ぽろぽろと、涙をこぼしていた。

「ええっ？」

驚きのあまり、朱美はiPodを落としかけた。一体、何がどうしたのだ。

曲が終わったところで、平内さんはイヤホンを外した。そして、眼鏡を押し上げながらブレザーの袖《そで》で涙を拭《ふ》く。マジ泣きだ。

「どうしたの」

ようやく朱美がそれだけ訊《たず》ねると、平内さんは朱美を見てきた。とても、真っ直ぐな視線。嘘も建前も、表裏もない素直な瞳《ひとみ》。

「すごい、感動しました」

――この時、二人は親友になった。


「このバンドいいね！」

憲子は、朱美の好きな音楽に片っ端から興味を示した。

「すごい！　カッコいい！」

「だろー」

嬉《うれ》しくて、朱美は色々教えた。聴き始めたのは中学校の頃だが、こんな経験はなかった。

朱美にとって、音楽はずっと自分だけのものだった。

「ねえ」

朱美の方も、憲子に興味を持つようになった。

「憲子、何読んでんの?」

屋上で、憲子は何か紙を広げて目を通していた。書かれているのは解読不能なへなへなした文字で、一目で大昔のものだと分かる。

「ええとね、古文書」

憲子は、照れたようにそう答えた。照れられても困る。

「古文書ってどういうこと」

「昔の人が書き残した古い文書だよ」

「それは分かる。わたしが知りたいのはなんで古文書を読んでいるのかってこと」

「読みたいからかなあ」

やや天然が入っている憲子は、時折このように消える魔球を連続で投げ込んでくることがある。キャッチボール相手泣かせなことこの上ない。

「うちにね、大きな蔵があるの」

ようやく、話が本題に入りそうだ。

「蔵の中にはうちのご先祖が残した古文書が沢山あって、小さい頃から自分で勉強して読んでたんだ」

「ははあ」

何ともすごい話である。父方も母方も、曾《そう》祖父母より上くらいからは人類だっただろうことくらいしか分からない朱美にしてみると、異世界の出来事のように思える。

「でも、高校に上がるちょっと前から両親に反対されるようになって」

憲子の表情が、少し暗くなる。

「女の子がそういうの読んでると、嫁のもらい手がなくなるぞって。友達との付き合い方から身につけろって言われて」

初めて会った時よりもかなり伸びた髪を風に流しながら、憲子は言う。

「でも、どうしても読みたいの。もっと歴史の勉強をしたいの」

「それでいいよ」

朱美は、ずばりと断言してやった。

「誰かに合わせることなんてないよ。誰かと同じようなことができるから、何なんだって話じゃん。憲子は憲子にできることをやればいいじゃん」

憲子は驚いたような顔をして、それから微笑んだ。

「ありがとう」

見ている朱美の方がどきりとするほどに、素敵な笑顔だった。

「だから、朱美ちゃんとお友達になりたくって、声を掛けたの」

そして、憲子は言う。

「クラスの子に全然媚《こ》びなくて、一人になっても堂々としてて。輪に入らなくちゃって必死な自分がバカみたいな気がして、こんな格好いい人と友達になりたいって思ったの」

「褒めすぎだよ」

恥ずかしくなって、朱美は顔を背けた。

二人は、何をするにも一緒だった。携帯のアドレスは勿論《もちろん》交換したし、お昼休みの弁当は机をくっつけて食べていた。憲子は朱美の真似をして、それまできっちり締めていた制服のネクタイを緩く締めるようになったりした。

外見だけではなく、態度も憲子は随分と変わった。

「ねね、こっちの方がよくない？」

こんな感じで、自分から話しかけてくることも普通になったのだ。

「ええと、何と比較して？」

一方、朱美は当惑させられることが多かった。この時も、憲子が見せてきたのは財布である。普通の茶色い二つ折り財布で、いいも悪いもない感じだった。

「前から使ってる財布じゃん、それ」

仕方ないのでストレートに指摘すると、憲子はむぅとむくれた。

「そっちじゃないよ。こっちだよ」

憲子が、何やら財布の端を指し示す。見ると、小銭入れのファスナーから何か垂れ下がっている。

「これか。財布に付けたんだ」

鈴だ。元々ペンについていたあれである。

「うん。この前落としたじゃない」

「ああ、そんなこともあったね」

――いつだったか、放課後に二人でCDショップに行った時のことだ。試聴したりおすすめコーナーをうろついたりしていると、憲子がいきなり「鈴がない！」と騒ぎ出した。ペンから外れて、落ちてしまったのだ。

ショップの店員さんや、たまたま居合わせたヒップホップ系ファッションのお兄さんが手伝ってくれて、どうにか鈴は見つかった。ヒップホップ系ファッションの人に対して「感じが悪い」という偏見があった朱美だったが、それを捨て去るきっかけとなった出来事だった。

「財布だったら、普段は鞄《かばん》の中だから滅多に落とさないじゃない？」

憲子が、自信満々で言う。

「そうかなあ」

そもそも財布に鈴をつけるというのは、なんだか古いおまじないのようである。祖母がそんなことをしていた気がする。

だがまあ、その話はまた今度だ。他に、もっと気になっていることがある。

「っていうか、そういやその鈴なに？」

本質的な部分である。初めて会った時から、憲子はこの鈴を身につけている。その謂《い》われはどこにあるのだろう。

「一族に代々伝わる何か？　平内家の家紋が鈴とか？」

「ううん。うちの家紋は『丸に違い扇』だよ」

朱美の適当な思いつきを否定してから、ふと憲子は遠い目をする。

「そうじゃなくて、ね。これはもらいものなの」

――憲子にはしばしば驚かされるが、次の発言は屈指のものだった。

「もう別れちゃったけど、初恋の人がプレゼントでくれた鈴なの。中学の頃だよ」

あまりの衝撃に、朱美は絶句する。

「そこまで驚くのは失礼じゃない？」

憲子は、不満そうにしかめ面をしたのだった。

高二の秋には、二人でライブに行った。憲子が初めて聴いて涙を流したあのバンドが、来日公演を開催したのである。

実を言うと、観る機会は既にあった。ロックフェスやチャリティコンサートなどに、何度か出演していたのだ。

しかし、毎回憲子の親からOKが出なかった。平内家にとって、ロックバンドのライブだなんだというのは、いかがわしく反社会的な場だったのである。

今度という今度はということで、二人は作戦を練って周到に準備した。こまめに連絡を取ることを約束し、音楽雑誌などを元に「ロックバンドのライブというのは、不良が集まって悪いことをする場所ではない」とプレゼンもした。時々遊びに行って朱美が顔なじみになっていたことも功を奏し、遂《つい》に二人は許可を得た。

前座も合わせて三バンド、終わった頃には二十一時を回っていた。他の観客達と一緒に、二人は会場から出て駅へと向かう。

「すごかった！　本当にすごかった！」

ハイテンションで憲子が喋《しゃべ》る。ライブの最初から最後まで彼女は物凄《ものすご》い盛り上がりようだったが、まだまだ興奮は冷めやらぬようだ。

「だね」

朱美も熱くなっていた。朱美にとっても、人生初ライブだったのだ。生で音を浴びるというのは、全然違う経験だった。聴いたこともないほどに激しい低音、広い空間に響きわたる凄《すさ》まじい歓声、万を超える人が集まって放つ圧倒的な熱気。何もかもが、鮮烈だった。

周囲は、ライブ帰りの人でいっぱいである。Tシャツを着ていたり、タオルを首から下げていたりと、普通の通行人とは雰囲気が違うのですぐ分かる。街をファンで制圧しているかのようで、なんだか得意になってしまう。

朱美達も、バンドのTシャツを着ていた。ツアーグッズ売り場で買ったもので、デザインは別々である。

憲子は同じデザインのものにしたがったが、朱美は断固として拒否した。お揃いは恥ずかしかったのだ。その割に、道行く人に同じTシャツを着た人がいると何だか嬉しくなってしまうのだから、現金なものである。

「ありがとう、朱美ちゃん」

ふと、憲子がそんなことを言った。

「ん、なにが？」

聞き返すと、憲子は笑顔を向けてくる。

「わたし一人じゃ、きっとこんな世界知らなかった。朱美ちゃんが教えてくれたから、飛び込めたんだよ」

――じわり、と。胸にくすぐったいような気持ちが広がっていく。ライブの感動とはまた別種の、柔らかく染み入るような感情。

朱美は知った。好きなものの魅力を誰かに伝えるのは、好きなものの素晴らしさを誰かと共有するのは、こんなに素晴らしいことなのだ。

朱美の心に、目標が生まれた。明確なものではない。ただ、思ったのだ。

この気持ちを、もっともっと広げていきたい――と。

二人が駅に着くと、人で溢《あふ》れていた。ライブ帰りの観客がどっと押し寄せて、大変な混雑になっているのだ。券売機など、長蛇の列ができている。

「やっぱり、前もって帰りの切符買っておけばよかったね」

そんな憲子の言葉に頷《うなず》き返しながら、朱美は列の最後尾に並んだ。頭の中は、先ほど生まれた何かでいっぱいになっている。

――この思いは、さっきの今でいきなり誕生したものではない。そんな気がする。ずっと前から、芽生え始めていたのではないか。

隣にいる憲子は、彼女と積み重ねてきた何気ない日々は、朱美の心に新たな風を吹かせていた。そしてその風が新しい種を運び、まだ見ぬ何かを芽吹かせたのだ。

憲子の方を見る。がやがやとした喧噪《けんそう》の中で、憲子はハミングしていた。ライブの記憶が、蘇《よみがえ》っているのだろう。満足そうな、でもどこか物足りなさそうな様子だ。いいライブを観た後というのは、きっとこういうものに違いない。

声を掛けようとして、言葉を飲み込む。余韻に浸っている彼女を邪魔するのは悪い——いや、違う。勇気がないのだ。

あの日。憲子に音楽を聴かせ、親友になったあの日。朱美の人生の中でも際だって煌《きら》めいているあの日に、明るさとは正反対の気持ちが生まれてもいた。それはずっと消えること無く、光に従う影のように、朱美の心に暗い点を落としている。

——自分は、人と上手《うま》くやりとりができないのではないだろうか。時折そんな考えが浮かんできては、漠然と不安になってしまうのだ。

今、心の中にあるものを、自分は上手く伝えられるのだろうか。憲子に理解されなかったら。憲子に突き放されたら。どうしたらいいのか。

少しずつ、列は前に進んでいく。朱美は何度も口を開こうとしては、また閉じてしまう。

分かっている。今言わないと、多分ずっと言えない。ライブの勢いを借りて言わなければ、余熱が漂っているこの場所で言えなければ、きっと二度と言えない。なのに、どうしても、心の内をさらけ出せない――

「どうしたの？」

いきなり、憲子が聞いてきた。見上げるような、覗《のぞ》き込むような、彼女の目。

「ええと、さ」

まるで釣り込まれるように、朱美は話してしまった。

「あたしさあ、音楽語るの、やってみたいんだよね」

早速、後悔が怒濤《どとう》のように押し寄せてくる。語るのやってみたいって、なんだ。文章的におかしい。何のことやらという感じだろう。

「ああ、レビューとかそういうの？」

ところが、憲子は軽々と受け止め悠々と投げ返してきた。むしろ、朱美が上手く表現できていなかった部分を、端的に言い表している。

そうなのか。朱美は理解した。自分がやりたいことは、そういうことだったのか。

「いいと思うよ。わたし読んでみたい」

感心している暇もない。憲子は、実に気軽にとんでもないことを言ってきた。

「いや、でも、そんな急にやろうったってどうしたらいいか分からないし」

朱美はすっかり狼狽《うろた》えてしまう。まったく、気軽に言ってくれるものだ。ついさっき自覚したばかりだというのに、いきなり行動に移せと言われても困る。

「あぁっ」

憲子が、素《す》っ頓狂《とんきょう》な声を上げた。鞄を開けるという姿勢で、何やら凍りついている。

「どうしたの」

戸惑いながら朱美が訊《たず》ねると、憲子は心底哀しげにそう言った。

「鈴、取れてる」

今回も周囲の人の協力を得て鈴の捜索が行われたが、見つかることはなかった。

「そうか。それで、お主の『やりたいこと』についての話は深くできずじまいになってしまったのだな」

店長がふむふむと頷いた。

「そうですね。結局、タイミング逃しちゃった感じで」

あの時、言えるには言えた。しかし、更に一歩踏み出すことはできなかった。今思えば、そのことが最初の「きっかけ」だったのかもしれない。

「さて、完成したぞ。確認してみい」

店長が、鞄を朱美の方に差し出してくる。

「わ、すごい」

思わず、感嘆の声が出た。新しく付け替えられたファスナーは、違和感なくトートバッグに溶け込んでいる。言われなければ、交換したものだと分かる人はいないはずだ。

「ありがとうございます」

朱美が礼を言うと、

「うむ」

店長はえっへんといった素振りで頷いた。

「さあ、続きを話してみよ。そろそろ核心の部分であろう」

店長に言われ、朱美は口を開こうとする。しかし、なぜか言葉が出てこなかった。口を開けたまま少しの間固まり、視線を彷徨《さまよ》わせ、それから苦笑して誤魔化す。

「──ふむ、そうか」

店長は目を細めると、椅子から降りた。

「喋りっぱなしであったしな。一息入れるか」

そして、店の奥まで歩く。カウンターの端はスイングドアになっていて、店長はそれを押し開けて中に入った。上に座ったりするのだから、そのまま乗り越えればいいような気がするのだが、そういうものでもないらしい。

「しばし待つがよい」

カウンターの向こうから、にょきっと店長の上半身が現れる。台か何かに乗ったようだ。

「茶菓子の一つでも出してやろう」

そう言って、店長はティーポットとティーカップを出した。紅茶を淹《い》れてくれるらしい。内装は和風なのに紅茶なのか。

ポットとカップは、揃いの花柄である。カラフルながら控えめで、とても趣味がいい。

「今日はちぃずけぇきが入ったでな、紅茶なのだ」

言って、店長は四角い箱を出してカウンターに置く。箱には「りくろーおじさんの店。」

「焼きたてチーズケーキ」とあり、コック帽を被《かぶ》ったニコニコ笑顔のおじさんのイラストが描かれていた。これがりくろーおじさんだろう。いかにもパンを焼いていそうな風貌《ふうぼう》だ。

「大阪の有名なお菓子屋さんのちぃずけぇきだ。紅茶が入ったら、切り分けてやろう。ちなみにりくろーおじさんのモデルは会社の創業者だが、実際の顔とはあまり似ていない」

店長は手際よくお湯を沸かし、カップを温めたり茶葉をポットに入れたりする。紅茶を淹れる猫。なんだか、不思議の国のアリスを思い出す。ああ、でも猫と紅茶は直接的には関係なかったか。

「さあ、紅茶が入ったぞ。けぇきを切り分けるから、先に飲むがよい」

店長が、小さなお皿に載った紅茶を勧めてきた。ふわりとした香りが、鼻をくすぐる。毛羽だった気持ちをそっと撫《な》でてくれるような、優しい匂いだ。カップを手に取り、一口啜《すす》る。

「――ふぅ」

声ではなく、息が漏れた。深く穏やかな味わいが、ゆっくり体中に染み入っていく。血液に紅茶が乗って、落ち着きを全身に届けていくような感覚だ。紅茶には詳しくない朱美だが、知識などなくてもその素晴らしさは実感できる。

「よっと」

店長が、箱からチーズケーキを出した。ホールである。黄色のボディに茶色の表面部分という姿は一般的なチーズケーキだが、表面部分の中央――すなわち円の中心部分にりくろーおじさんがいたり、底の部分に何か黒っぽいものがちりばめられていたりと違いを感じる部分もある。

「実のところ、色々切り方はあってな。メーカーはりくろーおじさんの顔を残す九等分法を提案していたりするが、ひとまずは普通に切るとするか」

言って、店長は包丁を出して手にした。手にしたといっても、何しろ一般的な猫サイズの体なので、包丁を持つというより刀を上段に構えているかのような姿勢になっている。

「よっ。ほっ」

店長がケーキを切り分けていく。店長の使い方だと切りにくそうなものだが、チーズケーキは綺麗《きれい》に八等分された。

「さあ、食べるがよい」

切ったチーズケーキをお皿に載せると、フォークをつけてカップの横に置いてくれた。

「はい、では遠慮無く」

早速、朱美はチーズケーキをフォークで口に運んでみる。

「――ん――！」

紅茶の時とは違い、今度は声が出た。

優しい味わい、という点では同じである。しかし、方向性が違う。脈打つものを柔かくリラックスさせる紅茶に対して、こちらは沈んだものを優しく持ち上げてくれるのだ。

しっとりとしていて、しかしべたつくこともなく、ふわふわとした柔らかさを成立させている食感。決して濃くはなく、しかし薄すぎることもない絶妙な甘み。それらを楽しんで飲み込むと、チーズの姿をした後味が口の中に余韻を残す。

これだけでも十分すぎる程に美味《おい》しいお菓子なのだが、更に新たな角度からのワンポイントを加えて深みを引き出しているのが、底に散らされている黒っぽいものである。何かと思ったら、レーズンだ。

レーズンが持つ輪郭の明確な酸味は、差し色のようにチーズケーキを引き締める。素敵な笑顔のりくろーおじさんだが、ただにこにこしているだけではないようだ。

「うまいだろう。このサイズで、かつてはワンコインだったというから驚きだな。最近は原価との兼ね合いもあって若干値上がり気味だが、その価値は十分あろう」

言いながら、店長は自分の分も紅茶とチーズケーキのセットを用意する。

「うむ。さすがわしじゃ。絶妙である」

自分の淹れた紅茶を口にして、店長は自賛した。随分と偉そうだが、事実ではある。

朱美も、紅茶をもう一口飲む。すると、最初とは違って感じられた。きっと、チーズケーキを食べた後だからだろう。お菓子と飲み物は、組み合わせ次第で新しい風味を生み出すらしい。

「うむ。こんびねいしょんも完璧《かんぺき》である」

チーズケーキをフォークで食べるなり、店長は満足げに笑う。朱美の感想は、的外れなものではなかったようだ。

「ところで、お主」

しばしチーズケーキを味わってから、ふと店長は朱美の方を見てくる。

「なぜに、それほどまでにその友人の今を気にするのだ」

投げかけてくるのは、さらりとしていてなおかつ重い問いだ。

「それは」

答えようとして、朱美は言葉に詰まった。言われてみれば、その通りである。

なぜだろう。朱美は自分に問いかける。彼女の成功を妬《ねた》んでいるのか？――いや、違う。

眩《まぶ》しく感じているのは事実だ。しかし、負の感情はない。彼女が不幸になってしまえとか、落ちぶれればいいとか、そういうことは毛ほどにも思っていない。

では、喜んでいるのか？――それも、何か違う。嬉《うれ》しくないはずはない。はずはないのに、どうにもこうにも気持ちが上向かない。何かが、淀《よど》む。

「人生については様々な見方がある。楽があれば苦もある、と歌うこともあれば、ちょこれぃとの箱と表現することもある。どこぞのタヌキが『重い荷を背負って、遠い道を行くようなものだ』と言ったとかいう話もあるな」

猫が人生を語っている。しかし、朱美は笑い飛ばすことができなかった。

「かように、ただ『人生とは何か』を描写するだけでも、本当に様々な表現があるのだ。人生には、それこそ人生の数だけの形が存在するのだろう。

となれば、かつてどれだけ近しかった相手だとしても、遠く離れ別々の人生を歩むこともあるに決まっているではないか。それなのに、なぜ受け入れられないのだ？」

どうしてか、店長の言葉はひどく胸を揺すってくるのだ。

「――まあ、急に聞かれて答えられることでもなかろうな。なあに、きっかけがあればするりと分かるぞ。わしに言わせれば、人生とはねっくれすに似ている。複雑に絡まっているようでも、ふとしたきっかけで簡単に解けるものだ。無理せずに、その時を待つとよい」

黙り込んでしまった朱美を見て、店長は微笑む。

「さて、話の続きを聞かせてもらってもよいか」

そして、そう言ってきた。

「――はい」

少し躊躇《ためら》いながらも、朱美はもう一度過去へと思いを馳《は》せる。

「高三になってからなんですけど」

なぜ躊躇うのか。それは、今から話すのが最も大事な部分であり。

「色々、あったんです」

一番、話したくない箇所だからだ。


歌詞にこだわるのが、朱美はあまり好きではない。好きな音楽を誰かに薦めても、歌詞が英語だからという理由で門前払いされることがあまりに多すぎたからだ。音やメロディで表現されている何かを感じればいいじゃないか。英語の試験ではないのだ。

「この『ジェーンの日記』っていうのが、何なのかってことよねえ」

一方、憲子は正反対だった。

「タイトルになってるくらいだし、間違いなく一番大事な意味なんだろうけど」

辞書を引いたり検索したりして、気に入った曲の歌詞を一生懸命読み解こうとするのだ。

――三年生になっても、二人は屋上にいた。放課後ここで時間を潰《つぶ》すのは、二人にとっても日常のような何かになっていた。

「というか、受験勉強は大丈夫なの」

「うん、いい感じだよ。模試もB判定が出たし」

高三であるからして、話題は進路に流れる。

二人とも大学受験だが、志望校は別々だった。朱美は自分の偏差値に基づいて順当なところを選んだが、憲子は「この大学のダレソレ先生の講義を受けたい」という理由で難関大学の史学科を第一志望に据えていた。

――そう。史学科である。憲子は、両親を説得することに成功したのだ。朱美も相談には何度も乗ったが、最終的に説得したのは憲子自身の熱意と言葉だった。

「そうなんだ」

「うん。英語が良くなってきて。音楽のおかげかなあなんて。楽しいのよ」

そう言って、憲子はえへへと笑う。

「やっぱり好きで楽しんでやるのが一番なんだよ。ただ知ってるだけの人は好きな人に敵《かな》わないし、好きなだけの人は楽しんでできる人に敵わないし。だから――」

憲子は何か言いかけて、それからブレザーのポケットに手を入れた。取り出したのは携帯である。メールが来たようだ。

憲子は返信を打ち始めた。何となく、会話が途切れてしまう。

「ごめん、ちょっと今日は帰るね」

メールを打ち終わると、憲子はばいばーいと手を振ってそのまま屋上を後にした。

「そう」

特に、止める理由もない。憲子を見送ると、朱美はイヤホンを耳に嵌《は》める。

以前は、下校時間までずっと話していたものだ。しかし、最近はこうして憲子が先に帰ったり、そもそも来ないことも多くなっていた。

色々用事があるらしいが、内容は知らない。特に言ってこなかったので、聞いていないのだ。気にならないわけでは、ないのだけれど。

ふう、と息をつくと、朱美は傍らの自分の鞄《かばん》から一冊のノートを取り出した。普通の大学ノートだ。表紙には何も書いていない。開いてページをめくると、そこには文章や走り書きのメモがいくつもある。いずれも、朱美が書いたものだ。

内容は、聴いた音楽の感想である。思ったことをあれこれ書き付けているのだ。目標は、ブログの開設である。自分の好きなものを紹介し、色々な人に広めるのだ。

ブレザーの胸ポケットからシャープペンシルを抜くと、今聴いてる音楽の感想を書いてみる。歪んだ絶叫《デスボイス》と普通の歌を交互に使っているが、歌のメロディがとてもいい。派手なギターソロもいっぱいあったりして格好良い。ボーカル兼ギタリストが喉《のど》を痛めたらしく、その葛藤《かっとう》についての曲が収録されてて――

溜《た》め息をついて、書くのをやめる。全然ダメだ。こんな文章、誰にも読んでもらえない。朱美はこうして、書きかけてはやめることばかりを繰り返していた。あの「影」が足を引っ張るのだ。自分の言うことは、誰にも伝わらないのではないか。そんな気分になって、書き進められなくなるのだ。

——いや、いや。大丈夫だ。憲子は、自分の話を聞いてくれた。一緒にライブに行ったし、感謝してるとまで言ってくれた。書いたものを読みたいとも言ってくれた。できないことは、ないはずなのだ。

朱美はノートを鞄にしまい、立ち上がった。このまま考え込んでいても仕方ない。少し早いけど、そろそろ「準備」をしよう。

朱美が向かったのは、アクセサリショップだった。落ち着いた外装の、お洒落《しゃれ》な店だ。

「ううん」

朱美は店の前で逡巡《しゅんじゅん》した。やっぱり、入りにくい。ロック関係の店なら多少厳《いか》つくても何の躊躇《ちゅうちょ》もなく入れるのだが、こういう可愛くて洒落た感じの店には尻込《しりご》みしてしまうのだ。オシャレ結界的な何かが張り巡らされていて、一歩足を踏み入れるなり邪悪な朱美は浄化されてしまいそうな気がする。

しかし、どうしても突入しなければならない。もうすぐ、憲子の誕生日なのだ。

これまで二人にとって、互いの誕生日は互いにパフェなどを奢《おご》る日だった。そこまで大袈裟《おおげさ》に祝い合うこともなく、お互い「無料《タダ》パフェラッキー」くらいの感覚で迎えていた。

だが今回、朱美はプレゼントを買うことにした。深い意味はない、と思う。ただ、贈ってあげたくなったのだ。

店の扉が開いて、中から女の人が出てきた。長めのスカートを穿《は》いた普通の女性だったが、妙に気圧《けお》されてしまう。一方女性は朱美のことなど気にせず、すたすた立ち去った。

閉まった扉を見つめる。いつまでもこうしているわけにもいかない。どこかで腹をくらないと、今年もパフェでお茶を濁すことになる。パフェで濁ったお茶とか最悪だ。ほとんど泥である。

遂《つい》に朱美は決心した。なるようになれだ！　扉を引き開け、店に乗り込む。

「いらっしゃいませ」

声を掛けられ内心怯《ひる》んだが、何事もなかったように仏頂面を保つ。仏頂面ならちょっとしたものだ。あまり自慢になるものでもなかろうが。

店の中を見回す。あまり広くはなく、所狭しと色々なものが詰め込まれている。BGMに流れているのはジャズだ。ジャズに関してはさっぱりである。とりあえずピアノとドラムとベースが鳴っていることくらいしか分からない。

店内にいるのは、朱美と女性の店員さんだけだった。なにやら、髪の毛を編んでビーズのような髪飾りを付けている。いかにもアクセサリショップの店員さん、といった感じの凝ったファッションだ。

まあ、店員さんを見に来たわけではない。朱美は商品棚に目をやる。探すのは——鈴だ。

——あの日ライブで鈴をなくした後、憲子はしばらくショックを引きずっていた。思い出の一品だからというよりも、鈴自体をかなり気に入っていたらしい。

そこで、誕生日に新しいものをプレゼントするわけである。憲子の気に入る鈴を見つけられるかどうかは分からないが、どんな鈴でも貰《もら》っていやだということはなかろう。

きょろきょろ店内を見ているうちに、『鈴 Bell』というコーナーを朱美は見つけた。さあ、それらしいものを見繕って——

「げっ」

思わず朱美はうめいてしまった。鈴のバリエーションは、想像以上に豊富だった。大きさも、色も様々だ。もう一生憲子の誕生日プレゼントには困らないほどである。朱美は圧倒された。一体、どうしたものか。

悩みに悩んだ挙げ句、朱美は今まで憲子が付けていたものによく似た小さい鈴を選んだ。安全策であまり気が進まなかったが、冒険するにはあまりに選択肢が多すぎた。

数日後。朱美は、ラッピングしてもらった鈴をブレザーのポケットに入れて学校に行った。何度もポケットに手を入れては触ったりしながら、遂に放課後を迎えた。

朱美と並んで屋上に向かう。妙に緊張して、朱美は黙り込んでいた。憲子もまた何も喋《しゃべ》らず、二人は無口に階段を上った。

屋上に出る。さあ、そろそろ切りだそう。朱美は、少しばかりドキドキしながらもう一度ポケットに手を入れる。さっと渡して、喜ぶ顔を見るのだ。

「憲子」

少し咳払《せきばら》いして、声を掛ける。

「ん？　どしたの？」

何やら俯《うつむ》き加減だった憲子が、顔を上げてきた。

「え？　ああ、いや——そう、最近大分書けてきたんだよ」

関係ない話をしてしまった。今、レビューの話をしても仕方ない。実際相当書き進めているのは事実だが、それについてあれこれ喋るのが目的なわけでは——

「書けてきた？　何が？」

憲子は、ぴんとこないという顔をした。

「えっ」

固まってしまう。今、憲子は「何が？」といったのか？

ライブの帰り。憲子は朱美の言いたいことをすぐに理解し、「何か書くなら読みたい」

とまで言ってくれた。それを励みに書いてきたのに、この態度は何なのだろう。

朱美はポケットに突っ込んだままの手で、ラッピングされた鈴に触れた。これをさっと渡して、喜ぶ顔を見る。ただそれだけの話だったのに、何かがおかしくなり始めている。

「いや、別に」

朱美は流れを元に戻そうとする。引っかかることがあるのは事実だ。しかし、今その話を突き詰めてしまうと、何か取り返しのつかないことになりそうな気がする。

「ああ、それで」

半ば焦りながら、朱美は話を先に進める。

「もう五月じゃん？　ほら、五月って――」

「ねえ、朱美ちゃん」

――そこで、朱美は。予想もしなかった言葉を恵子に浴びせられた。

「友達二人、ここに連れてきていい？」

「友達？　二人？」

寝耳に水、だった。ちょっと、理解が追いつかない。

「うん。図書室で歴史の本を探してたら知り合ったの」

「いつの間に」

朱美としては、笑ってみせるつもりだった。しかし、なぜか微妙に失敗してしまった。

妙に固く、引きつった声と笑顔になってしまう。

「んー、割と最近かな。紹介しようと思ってたんだけど、人見知りな子たちでね」

「ふうん」

随分と、その子たちについて気を遣っているようだ。

「好きにしたら」

思ったよりも、棘《とげ》のある言葉が転がり落ちた。あれ？　どうしたのだろう？

「わたし、歴史に興味ある友達って初めてで」

憲子は、気に留めた様子もなく、笑顔で話し続ける。随分と嬉《うれ》しそうである。

──ようやく、謎が解けた。最近、憲子がいないわけ。いきなり、帰ってしまう理由。

そういうこと、だったのか。

「そう」

朱美のような歴史に興味のない友達と過ごすよりも楽しい時間を、憲子は見つけたのだ。

「そうなんだ」

ポケットに手を突っ込んだまま、朱美は心の何かがぐにゃりと変形していくのを感じる。

「ごめんね。歴史に興味ない友達で」

──ああ、そうか。ライブの帰りにあったことなんて、覚えてないわけだ。他に、もっと楽しいことがあったんだ。

「だったらさ」

朱美の口が、勝手に動く。

「だったら——」


「——だったら、勝手にって、わたしは」

そこまで話したところで、またしても朱美は言葉に詰まった。我ながら子供過ぎた。そして子供過ぎたがゆえに、取り返しはつかなかった。

「ふむ」

店長が、ゆっくりと数度頷《うなず》く。無理に話すことはない、ということなのだろう。

「喧嘩《けんか》になっちゃって。一度も話さないまま、卒業になっちゃって」

それからの人生で、朱美は様々な経験をした。大学に通って卒業し、地元を離れて就職した。告白されて付き合ったことも何度かあったけど、どれも長続きしなかった。

音楽を誰かと分かち合う云々《うんぬん》は完全に諦《あきら》めて、ノートも二度と開かないまま捨ててしまった。音楽そのものは惰性で聴いていたが、何人目かの交際相手に「大人になってもそういうのを聴いてるのはイタイ」みたいなことを言われ、聴くのも完全にやめてしまった。

やりたいことをやるのではなく、やるべきことをやるようになった。その場その場に応じた振る舞いを心がけるようになった。そうすることで不安は消えた。朱美は——大人になったのだ。

「鈴は、どうした？」

店長が聞いてくる。

「もう、ないです」

鈴はそのまま持って帰ったが、中身を開けることは最後までなかった。そして決して視界に入らないよう、奥にしまい込んだ。

就職して実家を出てから、何年か経った頃だ。母が朱美の部屋を掃除し、その時何かに紛れて鈴を捨ててしまった。気づいた時は、ほっとしたことを覚えている。何か、肩の荷が下りたような気になったのだ。

「うむ。分かったぞ」

そう言うと、カウンターの向こうにいた店長が急に消えた。

「ええと、ここでもないか。となるとそこであるか」

どうやら、何か探し回っているらしい。

「お、あったあった」

そんな声がして、店長がひょっこり顔を出す。彼の手にあるのは、小さな人形だった。

「これをおまけしてやろう」

小さなビーズを集めて作った、店長の姿をした人形だった。ふぁさふぁさした毛並みから黒い縦縞《たてじま》まで、ビーズらしい味わいで再現している。頭の部分には紐《ひも》がついていて、ストラップのようになっていた。

「わあ、可愛い」

思わず、朱美は声を出してしまった。可愛いものにそこまでこだわりがある朱美ではないが、そんな人間でさえ惹《ひ》き付けるような魅力を、このビーズ店長は持っていた。

「修理のさぁびすだ」

店長は、ファスナーのつまんで開け閉めする部分（そういえばここの名前は何というのだろう）の先に紐を通し、人形を取り付けてくれた。

取り付け終わったところで、ちりんと涼やかな音が鳴る。よく見ると、人形の首には鈴が付いていた。小さな、可愛い鈴だ。

「鈴を付けてみた。猫の首に鈴をつけるというのは、どうも気に入らん言い回しだがな」

苦笑気味にそう言うと、店長は人形にぐっと前足の肉球を押しつける。続いて、眩ゆい光が放たれた。店長が前足をどけると、鈴にはそれまでなかった肉球マークが浮かんでいた。

「これでよし」

店長は、うむと頷いた。何か、とても不思議なことが起きた気がする。しかし、朱美はそれどころではなかった。

——鈴は、ひどく響く。それは音ではなく、過去の残響だ。振り返ったばかりの記憶が、さざ波のように心へと寄せては返してくるのだ。

「童。良いぞ、戻ってこい」

店長が、扉の向こう側に呼びかける。

「ふう、やっとですか。倉庫も勝手口の周りもぴかぴかですよ」

少しして、青年が扉を開けて入ってきた。

「あっ、りくろーおじさんじゃないですか。ずるいですよ、僕も食べたかったのに」

チーズケーキを見て、青年はむくれた。チーズケーキは、店長と朱美が喋りながら食べていたために、半分以上なくなっていたのだ。

「そりゃあお客さんにお出しするものですけど、でも——」

抗議を続けようとして、青年はふと口をつぐんだ。その視線は、修理の済んだトートバッグに——あるいは、そのファスナーに取り付けられたビーズ店長に向けられる。

「店長、それって」

青年は、少しばかり驚いた様子である。

「うむ。さぁびすで、猫庵《にゃあん》謹製のおりじなるぐっずをつけてやったのだ」

青年に、店長はそう言った。朱美は少し戸惑う。今、にゃあんといったのか？　にゃあんとは何なのだろう。にゃあん、にゃ・あん――

「あ、そうか」

小さく声が出る。猫《にゃ》、庵《あん》。なるほど、そういうことか。

「どうしました？」

青年が訊《たず》ねてくる。

「いや、にゃあんって店の名前なんですね。わたし、猫庵《ねこいおり》かと思ってました」

朱美がそう答えると、

「ふふっ」

青年はおかしそうに笑い、

「むむっ」

店長は不満げに呻《うめ》いた。

「店長が付けたんですけど、ほとんどの人は読めないんですよね。店長、もういっそのこと改名しません？　芸人さんとか、名前変えてからブレイクしたりするじゃないですか」

「わしと童は師匠と弟子であって漫才こんびではない！」

「芸人さんも師匠とかいうから同じようなものでしょう」

「ヌウウ！」

二人がやいのやいのと言い争いをするのを見ながら、朱美はトートバッグに手をかけた。

荷物を入れ直そうと、ファスナーを引き開ける。

——ちりん、と。ビーズ店長の胸元で、鈴が鳴った。その小ささの通り、とても控えめな音色だった。


「そういえば」

朱美が帰った後。カウンター席でチーズケーキの残りを食べていた青年が、ふと呟《つぶや》いた。

「店長、今回はいつもとちょっと違いましたね」

「うむ」

脚立に乗ってカウンターの中の棚を片付けていた店長が、そう答えた。

「他人のような気がしなかったのだ」

「それはどう——いえ」

何か言いかけて、青年はやめる。

「僕が聞いちゃあだめですね。お客さん、話しにくいことだったみたいですし」

「——繋《つな》がりというのはな」

店長は、棚に茶器を並べる。どれも画一的なものではなく、それぞれ少しずつ形や大きさに違いがある。機械ではなく、人の手で一から作られたことがよく分かる。

「端から見れば大したことのない出来事で、失われてしまうものだ。後からどれだけ悔やんでも、壊れてしまえば直せない。捨ててしまえば、二度と見つかることはない。わしはそのことを、身に染みてよく知っている」

店長は、茶器を並べる手ないし前足を止めた。

「だが。相手が生きていれば、ひょっとしたら直せるのかもしれない。消えない絆《きずな》というのも、あるかもしれない。そう思うと――つい、な」

店長の瞳《ひとみ》は、ひどく寂しそうに見えた。

「自分の気持ちというのは、自分でも中々理解できぬものだ。『気づくための問い』は既に投げかけた。自分の抱えているものを、ただ抱えるのではなく抱き締められるようになれば、あの娘の悩みは解けていくだろう」

店長は、再び茶器を並べ始めた。青年はそんな店長をしばし見つめ、口を開こうとし、結局やめた。そして小さく息をつき、口にチーズケーキを放り込んだのだった。


特に何も起こらないままに、朱美の日々は過ぎていった。同じような繰り返し《ルーチンワーク》を大きく逸脱するような出来事は、あの店を訪問して以降何もなかった。

そんな日々の中でも、朱美の苦悩や葛藤《かっとう》はなかなか漂白されなかった。日々の合間隙間で、ぬっと首をもたげてくるのだ。スマートフォンの液晶画面に、夜の電車の硝子《ガラス》窓に、会社のビルの自動ドアに。姿を現さずに映り込んでは、朱美を答えの出ない堂々巡りに引きずり込むのだ。

朱美は、あの猫庵《にゃあん》を何度か探してみた。しかし、どうしてもたどり着くことができなかった。インターネットで検索しても、「お直し処　猫庵」なる店は見つからなかった。

考えてみれば、当たり前のことだとは言えた。猫が立ってとことこ歩き、紅茶を出したりチーズケーキを出したりするなんてことは、現実にあり得ない。

しかし、まったくの白昼夢だとも言えなかった。なぜなら朱美のトートバッグはファスナーが交換されており、そのファスナーの開け閉めする部分には、ビーズでできた可愛い猫がぶら下がっているから――

――その日の夜。朱美は普段の通勤ルートから外れたターミナル駅にいた。出先からの直帰、というヤツである。

駅でも、首に鈴を付けたビーズ店長はぶらさげたままだ。人混みの中で鈴とは迷惑がられそうなものだが、サイズが小さく音が控えめなのでその心配は要らない。

何しろ、駅は騒がしい。出入りする電車、チャイム、降り注ぐ構内アナウンス、行き交う無数の人々。みんな何がしか音を出し、渾然《こんぜん》一体となって駅という場を染め上げていく。

この空間において、鈴は無力だと朱美は思う。どんな音を鳴らしても、飲み込まれていく。あの頃の朱美の如く、圧倒的な現実の前にかき消されていくのだ――

――凜《りん》、と。朱美の考えを否定するかのように、鈴が辺りに響きわたった。今まで聞いた中で、最も大きな。周囲からのしかかる雑音を貫く、力強く清冽《せいれつ》な音色。

思わず足を止めて、トートバッグに目を向ける。そこに、ビーズ店長の姿はなかった。落としてしまったようだ。

辺りを見回すと、誰も鈴に反応した様子は見せていない。あれほど大きな音なら、落ちた地面を気にするはずだ。しかし、誰も彼も立ち止まった朱美に一瞥《いちべつ》をくれるだけで、鈴のことなど気にしていない。

――いや。一人だけ、まったく違う人がいた。何やら、腰を曲げている。丈の長いスカートに、白い裾《すそ》のカーディガン。長い髪には、美しいウェーブがかかっている。とても――綺麗《きれい》な女性だ。どこかで見たような、気がする。

女性が、何かを地面から拾い上げる。ビーズ店長だ。

「あの、すいません」

朱美は女性に声を掛けた。

「えっ」

顔を上げるなり、女性の表情が変わった。それはまるで、何か思いもよらないものに出くわしたかのような。

「もしかして、朱美ちゃん？」

朱美はその場に立ち尽くす。――自分は、どんな顔をしているのだろう？


「まさか、会えるとは思わなかったなあ」

久しぶりに対面した憲子は、やはりあの頃とは色々と異なっていた。

「もう感動だよ。明白な運命だよ。赤い糸だね赤い糸」

まず明るい。元々根暗ということもなかったが、さりとてここまでテンションが高くもなかったはずだ。ファッショナブルな装いや、眼鏡をやめてコンタクトにしたことも、その印象を強めている。

「とりあえず生。ネギまと皮と、あと軟骨二人前お願いします。――っとと、あとお見事キャベツもですね。朱美ちゃんはどうする？」

また、場慣れしている。旧家のお嬢さんの面影はほぼない。あの頃の自分に、「将来憲子はお値段均一のチェーン焼き鳥居酒屋でドカドカ注文するようになる」と教えても、きっと信じないだろう。

「おいしー！」

更に、よく食う。高校時代の彼女は、小物入れみたいな大きさの弁当箱に入れられた色とりどりのおかずをゆっくりちまちま食べていたのだが、今やネギまを毎回ネギ部分まで口に放り込み、軟骨をばりぼり平らげている。あの頃の自分に以下略である。

「――でね、話の続きね。その番組が認知症の特集をやるっていうから、あれこれ考えたの。たとえば江戸時代になると認知症と思われる人の記録が沢山残ってるけど、本当に色々な話があるのよ。姥捨《うばす》て山みたいにのたれ死にさせたわけでもなければ、だからといってみんながみんな『古き良きニッポン』的な敬老精神で面倒を見てたとも限らないし。経済的な事情に左右されてる感じもあって、その辺は今と同じだしね」

そして、とにかくよく喋《しゃべ》る。高校時代も黙り込んでいたのは最初のうちくらいで、あとは割と話していたように思うが、これほどではなかった。

「で、『そういうところに触れて、受け手に考えてもらうようにしたらどうだろう』って提案したんだけど、番組の人に『秀吉が認知症だった、くらいでいい。本質的に受け手は詳しい話に興味がない』って却下されたの」

お酒が入ってるから、というのも勿論《もちろん》あるだろう。しかし、アルコールの勢いだけでぺらぺら話しているわけでもないはずだ。

「『さえ分かればいい』とか『どうでもいい』を克服したいの。歴史は単なる面白豆知識の供給元じゃないんだから。わたし自身、知識の披露をしたくて喋ってるんじゃないし。

認知症云々《うんぬん》だって、伝えたいことがあるから言ってるのよ！」

志だ。こうしたい、という目的を持って、それを達成するためにはどうすればいいかということを考えている。憲子は最早《もはや》、ただ歴史が好きなだけの女の子ではなかった。学問としての歴史学に真摯《しんし》に取り組む、一人の学者だった。

「過去に現代の姿を映して、新しいものの見方を得る。この考え方を大事にしたいの」

眩《まぶ》しかった。テーブルの向かいにいるのに、とても遠くに立っているように感じる。

「なるほどね」

それらしい相槌《あいづち》だけ打って、テーブルに目を落とす。目の前に並んでいるのは、何となく頼んだカシスオレンジとたこわさだった。我ながらどういう組み合わせだという感じだ。

カシスオレンジの横には、ビーズ店長もいた。憲子に拾ってもらってから、まだ鞄《かばん》に付けていないのだ。本家の店長のように動いて喋って助けてくれないかと思ったが、その様子はない。あくまで、ビーズ店長はビーズでしかないようだった。

首元の鈴には肉球のマークがついていたのだが、いつの間にか消えている。塗装がはげてしまったとかではなく、綺麗さっぱりなくなっているのだ。不思議である——

「あ、ごめんね。なんかわたしばっかり喋っちゃって」

朱美の沈黙を違う風に取ったのか、憲子はそんな風に言ってきた。

「ううん、いいよ」

朱美は首を横に振ってみせた。

そのまま、二人の間に沈黙が訪れる。明らかに憲子は朱美が何か話しだすのを待っていたのに、朱美は一言も喋らなかったのだ。

「でも、ほんとすごいよね。課長さんなんて」

憲子が、さっき朱美がした話に改めて驚いてみせてくる。朱美が黙りこくっているので、間を持たせようとしたのだろう。

「わたしみたいな世間知らずでも、朱美ちゃんの会社の名前くらい知ってるよ」

朱美のことに配慮しながら、話す。大人の振る舞いだ。

「ううん、全然だよ」

そう返事しながら、朱美は自分の中に得体の知れない感情が湧き上がってくることに気づいた。言葉にできない、あの気持ちだ。

憲子が大人になったことを純粋に賞賛できない、そんな自分が嫌だった。『悩みを抱えている人間が、いつもただ可哀想なだけだとは限らない』――店長の言葉が蘇《よみがえ》る。ああ、まったくだ。まったく、その通りだ。

「あ、そういえばさ」

憲子が、話題を変える。朱美の反応がいまいちだと見て取って、方向を修正するようだ。

「朱美ちゃん、最近何聴いてる？」

期待に満ちた表情。絶対に盛り上がる話題だと踏んでいるのだろう。しかし、それは大きな間違いだ。

「わたしは、最近のバンドあんまり聴けてないんだよね。スリーピング・ウィズ・サイレンズも、アスキング・アレクサンドリアも、もう最近のバンドじゃないだろうし。でも──」

彼女があれこれ挙げるバンド名は、知らないものばかりだ。

「ディスターブド今年新譜出るじゃん？　ライブ行ったんだよわたし。ほら、何年か前の『ノットフェスト』で来たやつ」

彼女が自明のものとして挙げる話題も、ほとんどぴんとこない。あのバンド、来日してたのか。

「うん、そうかぁ」

相槌もろくに打てず、朱美はテーブルに目を落としがちになる。憲子は、とても生き生きとしていた。あの頃のまま、音楽を楽しんでいる風だった。

──朱美は、苦い味わいと共に理解する。憲子と朱美には、大きな違いがある。憲子は、あの頃の憲子のまま今の憲子へと成長した。一方、朱美はあの頃の自分を捨て去って今の自分になった。そんな、違いだ。

「朱美ちゃん？」

憲子が戸惑った様子を見せ、それから何かに気づいたように表情を変える。

「あ、ごめん。もしかして、最近あんまり聴いてなかった?」

小さく頷《うなず》く。うん、と声に出すことさえできなかった。

「そか」

言って、憲子は焼き鳥を食べ始める。遂《つい》に、言葉が尽きてしまったらしかった。

朱美はカシスオレンジに口を付ける。もっと強いものにすればよかった。そうすれば、アルコールの力を借りて少しは気を紛らわせられただろうに。

会話が途切れるなり、それまで気にならなかった周囲の騒がしさがどっと押し寄せてくる。怒鳴るような笑い声、ジョッキとテーブルがぶつかる音。注意すれば、雑然とした音を縫うようにして好奇の目線が向けられていることも分かる。

無理もないことだ。女性二人でこの手の居酒屋というのはそう多くはないし、うち一人は相当に目を惹《ひ》く美人なのだから。あるいは、その美人がテレビでよく見かける存在だと気づき始めているのかもしれない。

——やっぱり、住む世界が違うのだろう。心の底から、朱美はそう感じる。憲子は翼を羽ばたかせ空を自由に飛ぶ鳥で、朱美はそれを見上げる雑草かなにかだ。

同時に、またあの感覚が湧き上がってくる。胸の隙間に、冷たい風が吹き込むような。それでいて、ひりひりと心が焼け付くような。名前をつけられない気持ちが、正体の分からない感情が、朱美を内側から打ちのめしていく。

『なぜ受け入れられないのだ？』

そんな店長の問いが、頭の中に蘇る。未《いま》だ、答えは見つからない。どうして、なぜ、自分はこうなのか――

「ごめん、ね」

ぽつり、と。憲子が、そんなことを言った。

「えっ？」

朱美は顔を上げる。

「やっぱり、わたしダメだね」

憲子は、食べ終わった焼き鳥の串《くし》を手に項垂《うなだ》れている。明らかに様子がおかしい。早速酔いが回ったのだろうか。

「ごめんね」

いや、そういうわけでもないようだ。何やら、憲子はひどく落ち込んでいる。

「わたし、未だにあの頃のままっていうか。好き勝手に喋って、困らせてるよね」

憲子は溜《た》め息をついた。今までの明るさと百八十度違う翳《かげ》りが、その表情に差しかかる。

「朱美ちゃんは、すっかり大人になったのに。ほんと、立派な社会人って感じじゃない」

憲子がそんなことを言うが、朱美は戸惑ってしまう。

「なんで？　別に、全然立派なんかじゃないよ。そりゃ会社の名前は有名だけど、仕事とかすっごい普通だからね？　気に入らない上司に倍返しとかしないからね？」

ちょっと冗談を交ぜてみたが、憲子は反応しない。滑ってしまったか。

「それを言ったら、憲子こそ凄《すご》いでしょ」

仕方ないので、話を続ける。

「憲子は、やりたいことやって生きてるじゃない。あたしなんて、上手に妥協してるだけだよ」

極端な話、朱美が明日いきなり謎の病気で倒れて一ヶ月以上入院しても、代わりに朱美の役割を果たす人間はいくらでもいる。大きな組織とはそういうものだ。複雑な仕組みを持つ機械は、不具合に備えて個々の部品が簡単に交換修理できるようになっている。それと同じである。

しかし、憲子は違う。無論、彼女がいなくなれば空いた穴は誰かが埋めるだろうが、しっかり埋めることはできない。彼女の形に穴が空くので、彼女以外の誰かではどうしても隙間が生まれてしまうのだ。

「憲子は、格好良いよ」

一生懸命朱美の真似をしていた憲子はもういない。今の彼女は、自分らしく生きている。

「あたしこそ、ダメだよ」

一方、朱美は本当に成長していない。

「今も、ずっと」

ずっと、この感情に囚《とら》われている。先へ先へと進んでいく憲子に対して湧き上がる、この気持ち。

「今もずっと、あたしは」

憲子が、朱美を見てくる。少し気弱で、どこか芯《しん》の強い瞳《ひとみ》。その比率の配分は、昔よりも後者に傾いていた。ああ、やはり彼女は立派になっている。

「ずっと、あたしは」

店長に投げかけられてずっと引っかかっている問いが、蘇る。

『なぜ受け入れられないのだ？』

唇を嚙《か》む。どうせなら、教えてくれればよかったのに。あれだけ人生がどうのネックレスに似ていてなんのというのなら、ヒントくらいは持っていただろう。意味深にあれこれ喋って惑わせるだけなら、何も言ってくれない方がましだった。置いてけぼりなだけじゃないか。

「あたしは」

置いてけぼり。何かが、解けていくような感覚。そう、置いてけぼりだ。目の前に憲子がいるのに、小さくなっていく背中を見ているような気分なのだ。

「——ああ、そうか」

ふと。唐突に、朱美は理解した。この気持ちの、正体に。

「あたし、寂しかったんだ」

すべてが、一つに繋《つな》がっていく。誕生日プレゼントを急に用意したのも。先へ先へと進んでいく憲子に、なぜか怒ってしまったのも。その後、徐々に音楽から距離を取ってしまったのも。全ては——置いて行かれた寂しさからだったのだ。

「そう、だったんだ」

店長は言った。『簡単に解けるものだ』と。その言葉の意味が、ようやく分かった。複雑に絡まっているようで、実はとても単純なことだったのだ。

思わず苦笑してしまう。そうか、そういうことか。店長はそこまで分かっていて、あえて朱美の気持ちに疑問を提示するだけに留《とど》めたのか。朱美が自分で悩み、そして気づけるように。

「朱美ちゃん？」

憲子が、戸惑った様子を見せる。

「寂しかったんだよ、あの時も今も」

朱美は微笑み、言うべきことを口にした。

「ごめんね、憲子。あの時、悪かったのはあたしだったんだ」

自分でも驚くくらい、すらすらと言葉にできた。

「本当に、ごめん」

そう言って、朱美は頭を下げる。

「えっ、えっ」

憲子は、慌てふためいている様子だ。

「だって、そんな、わたしてっきり」

その声が、どんどん鼻声になっていく。

「てっきり、てっきり、嫌われたって」

驚いて顔を上げると、憲子は大変なことになっていた。ほろほろと、涙がこぼれている。

「ちょ、ちょっと」

朱美は慌てる。いきなり居酒屋で泣かれるだけでも大変だが、何より憲子は有名人である。芸能記者が張り込んでいて、来週の週刊誌に「テレビで人気のあの学者が、居酒屋で号泣！」みたいな記事が載ってしまう可能性もある。

「ほら、使いなよ」

朱美は慌てて鞄《かばん》からハンカチを出した。彼女をスキャンダルの渦中の人物にするわけにはいかない。

「うう」

憲子はハンカチを受け取り、目尻《めじり》を押さえた。溢《あふ》れそうな感情を抑えるかのように、上を向いて深呼吸する。

「コンタクト落とさないようにね。ああほら、服の肘《ひじ》に箸《はし》が当たるよ。ケチャップつくよ」

朱美は、あれやこれやと世話を焼いた。まったく、長年のわだかまりが解けたというのに、その余韻に浸る暇もない。

「——ふふ、ふ」

すると、憲子はいきなり笑い出した。笑いながらまたしゃくり上げ、ごほごほとむせる。

「泣くか笑うかどっちかにしなよ。喜怒哀楽と資源ゴミはきっちり分別しないと」

更に憲子は笑いむせる。勢い任せの雑なジョークだったが、妙に受けてしまった。朱美としては、さっきの倍返しの方がまだマシだったように思うのだが。

「やっぱり、凄いよ。朱美ちゃん、本当に素敵」

というか、少し褒めすぎである。この程度の冗談で絶賛されるとは、今までの朱美は実のところ途方もなく面白みのない人間だったのだろうか。

「優しくて、面倒見が良くて」

と思いきや、別に冗談を褒められていたのではなかったようだ。

「ほら、わたしがものをなくした時とか、いつも捜してくれたでしょ？」

「まあ、そりゃあ手伝ったけど」

朱美は首を傾げる。そんな、わざわざ振り返るほどのことだろうか。

『『どうしたんだろ？』みたいな顔してる知らない人に、『こういうのをなくしちゃったんです』って話しかけて手伝ってもらったりして」

「そうだったかなあ」

あんまりよく覚えていない。とにかく見つけなければとは思っていたし、色々手伝ってもらった記憶もあるが、そこまでアグレッシブに動いていただろうか。

「そうだよー」

少し気分が落ち着いたか、憲子が微笑む。

「朱美ちゃんは、やっぱりわたしの憧《あこが》れの朱美ちゃんだね」

「やめてよ。全然大したことないよ」

朱美はぷいっとそっぽを向いた。高校時代に言われても大概恥ずかしかった台詞《せりふ》である。今なら余計だ。

「大したことない？　どこが？」

憲子は、不思議そうである。この辺のすっとぼけっぷりは相変わらずだ。

「だから、憲子みたいになにか成し遂げてるわけじゃないし。大きな目標持って生きてるわけでもないし。やりたいことができてるわけじゃないし」

「なら、やればいいじゃない」

憲子は、何でもないことのように言った。朱美は、息を呑《の》みながら視線を戻す。

「今からでも、やりたかったことをやればいいじゃない。みんなに好きなものを伝えたいっていう目標、成し遂げればいいじゃない」

言葉も出なかった。うそだ。彼女は、覚えているのか？

「忘れてたわけじゃなかった。でも、あの時、頭から抜け落ちちゃってたんだ」

憲子が、朱美を見てくる。

「素敵なことだと思ってたし、出来上がるのも楽しみにしてたよ。でもあの時に限って、ちゃんと聞いてなかったんだ。自分のことばかり、考えてて」

その視線は、とても真摯《しんし》だった。嘘や誤魔化しを言っている表情ではない。

「朱美ちゃんと会わなくなってからも、そのことずっと後悔してた。朱美ちゃんがわたしを励ましてくれたから、好きな道に進めたのに。わたしは何もしてあげられなかったって」

そうか。そうだったのか。朱美の心に、じんわりと温かいものが染み込んでいく。

「だから、今度こそわたしが朱美ちゃんの背中を押してあげたいの。——ねえ、今からでもいいよ。書いてみようよ」

ああ。やっぱり、憲子は朱美にとって、一番の——親友だったのだ。

『そういや最近、上司の様子がおかしいんだよね』

昼休み。広本菜月はスマートフォンのメッセージアプリで友人にそんな話を振った。

『そうなん？』

友人の血沙都《ちさと》が返信してくる。

『闇奈っちの上司ってあれだっけ』『超優秀な人』

『そうそう』

菜月は少し頭の中で文章をまとめ、それから送信する。

『今まで昼ご飯とか近くのそば屋で食べるだけだったのに』『なんか最近近くの公園で弁当とかサンドイッチ食べてる』『しかも毎日ノートPC持って行ってる』

とても優秀で格好良いけれど、一方でどうにも近寄りがたかった彼女に、突然生まれた謎の変化。同僚達の間でも、話題になっている。

『ふーむ』

血沙都は、可愛い猫が腕組みするスタンプを貼ってきた。

『単にお昼も仕事してるんじゃ？』

『うちもそう思ったけど』『違うっぽいのだよ』

画面を直《じか》に覗《のぞ》き込んだわけではないので分からないが、仕事は関係なさそうだ。あの敏腕上司が昼休みも働けば、業務のペースは余計に上がるはずなのだが、そうでもないのだ。

『情報収集とか勉強とかって感じでもないし』『とても謎』

『そうかー』

血沙都は、可愛い猫がクエスチョンマークを浮かべるスタンプを貼ってきた。

『あ、そういえば』

そのスタンプを見ているうちに、菜月はふとあることを思い出した。

『なんか最近、鞄にアクセサリがついてる』『なんか可愛い猫のお人形』

そう、そんなことがあった。美人だけど色々シンプルなタイプだったのに、いきなり猫である。最初に発見された時には、周囲で静かな動揺が走ったものだ。

『なるほど』『それ彼氏でもできたんじゃない?』『プレゼントでもらったとか』

血沙都の指摘はもっともだ。彼女のようなタイプの人が変わるにあたって、一番ありがちなのは新しい恋人の影響である。

『でも、そうでもなさそうなんだよね』

しかし、菜月は同意できなかった。その可愛いアクセサリは、ビーズ細工だった。一般的なセンスの男性が贈るものではない。

また、彼氏ができたにしては、昼休みにノートPC持参で公園というのはしっくりこない。何か長い文章を書くのでもなければ、ノーPCなんて――

『ごめーん』

菜月の思考は、血沙都の言葉に中断させられた。

『そろそろ野菜の見切り品出るからスーパー行ってくるー』『またね！』

ひどく生活的な台詞。ど派手な名前の血沙都だが、今の彼女は主婦なのである。

まあ、菜月は菜月で会社員なのに紫香楽闇奈とか名乗ってるのだから同類だ。昔の知り合いに送ろうとしたメールを件《くだん》の上司に誤爆した時には、死ぬかと思った。

『うむ』『買い物いってらっしゃい』

一声かけて、菜月は血沙都とのメッセージのやり取りを終えた。まだ昼休みが終わるまでには少しだけ時間がある。菜月はSNSのタイムラインをざっと眺めると、ブックマークからとあるブログに飛んだ。激しい系の音楽について、CDやライブの感想を書いているブログである。

ヴィジュアル系を中心に音楽が好きで、行き帰りの電車でもよく聴いてたりする菜月だが、こういうブログはあまり読まない。よく分からないのだ。

『ナントカの影響を強く受けたギターリフ』『ドープなナンタラとリリックがどうのこうの』『バッハの精神性がうんぬんかんぬん』――どのジャンルでも同じだ。ジャンルごとに存在する様々な専門用語を駆使し、他のマニアックなバンドなりミュージシャンなりと比較し、結果として菜月のような新参者には敷居が高くなってしまうのである。

しかし、このブログは違っていた。できる限り分かりやすい言葉を使って、幅広く魅力を伝えようとしているのだ。

最近開設されたばかりのブログで、正直試行錯誤なところもある。やっぱり難しかったり、軽くしようとして失敗しているところも見受けられる。しかし、そうやって取り組む様子も結構好ましかった。

ブログ自体は盛り上がっていない。たまに「海苔《のり》っ子」なる人が、長文でコメントを残しているくらいだ。アクセス数は分からないが、SNSが普及しきった今の時代にこういうブログも流行《はや》らないだろう。

「よし」

少し考えてから、菜月はコメントを残すことにした。見ている人の感想が力になると、菜月は知っている。

今となっては致命的な黒歴史だが、昔『血染めの闇夢』という名前のブログを運営していたことがある。黒バックに赤文字の目に痛いブログに、痛い内容の日記を書いていたのだが、コメントをもらうのは嬉《うれ》しかった。初めてコメントがついた時には、画像で保存したものだ。

『好きなミュージシャンが影響を受けたと言っていたバンドについて調べていたら、こちらに辿《たど》り着きまして、そのまま居着いています』

書き出しはこんなものだろう。ちょっと回りくどいが、仕方がない。「好きなミュージシャン」はコテコテのV系ギタリストで、ブログ主さんはぴんとこないかもしれない。

『知らないバンドばかりで、毎回新しい発見があります』

ちょっとありきたりかもしれない。この前紹介されていたアルバムに興味を持ってダウンロード購入した旨を書き加えておく。後は名前か。

『名前：紫香楽闇奈』

危ない。うっかり習慣で名乗りかけた。辺りを見回して、目に入ったものを入力する。

『付箋紙《ふせんし》（黄色）』

適当にも程があるが、まあいいだろう。菜月はコメントを送信した。

スマートフォンをスリープにし机の上に置くと、菜月は椅子にだらんともたれる。菜月の机は課長のすぐ傍で、仕事中はあまりだらけていられない。今のうちに、少しでもリラックスするのだ。

「ただいまっ」

少しして、そんな声が響いた。えらく明るい。何者かとみやると、声の主は江口朱美課長その人だった。

「うそ」

菜月は愕然《がくぜん》とした。課長が溌剌《はつらつ》と挨拶《あいさつ》してくるなんて、異常事態である。

周囲の様子を窺《うかが》うと、みんな周囲の様子を窺っていた。視線はあちこちで交錯し、やがて菜月に収束する。声なき声が聞こえる。一番机が近いお前が聞け。

拒否したかったが、不可能だった。何せ、この部署で菜月は最もぺーぺーなのだ。

「あの、どうしたんですか？」

致し方なしに、菜月は課長に伺いを立ててみる。

「ううん、別に」

課長はそう答えてきたが、とても信じられない。

「さあ、頑張って仕事しようか」

何しろ、にっこにこなのである。こんな課長、初めて見た。

「は、はい」

目を白黒させながら、菜月は頷《うなず》く。

やれやれ、不思議なことだ。普段淡々としている課長なのに、一体どんな嬉しいことがあればこうなってしまうのだろう？

五章　猫庵直伝！　毛糸の暖かいマフラー

「同じものばかり見せられる」と感じるのは、実のところ「見たくないものが続いている」時に限られる。ニュースやワイドショーでもそうだし、ドラマや漫画や小説でも同じだ。自分が興味がなかったり、あるいは気に入らなかったりするものが目に付くようになった時、不満をおぼえ「同じものばかりだ」と言い出すのである。

勿論《もちろん》、その理屈はインターネットにおいても大いに当てはまる。それまで楽しめていたものが楽しめなくなった時、オンラインの世界は不毛の荒野になるのだ。

『＃カフェ巡り』『＃バッグの中身』『＃今日のコーデ』

本庄泉実《ほんじょういずみ》は、画像SNSでそのことを思い知らされていた。

『＃お洒落《しゃれ》さんと繋《つな》がりたい』『＃自撮り』『＃ディズニーシー』

写真を加工し、日常を盛り、「素敵な自分」を演出する。泉実のタイムラインで繰り広げられているのは、そんな光景だ。

一緒になって盛り上がっている限りにおいては、よい環境である。相互に「いいね！」と微笑み合い、心地良さのサイクルを延々回し続けていられる。しかし一度ついて行けなくなれば、歯車の全てが逆回転を始める。

次から次に押し寄せる「素敵な自分」。一人一人が選び抜いたとっておきの一枚が、絶え間なく通知を鳴らしてくる。

大量の画像を眺めていると、どれが誰なのか分からなくなってくる。素敵さという概念は流行の影響を強く受けるので、メイクにせよ格好にせよ似たり寄ったりなのだ。

まあ、自分も大差なかったから偉そうなことは言えない。流行を追い、最先端に合わせ、服も顔もころころ変わっていた。「そうすることで気に入られる」と信じていて、結局痛い目を見た。

——気分がどんどくさくさしてきた。泉実はアプリをスワイプして、画面外の彼方《かなた》へと吹っ飛ばす。やめだ、やめやめ。

泉実はスマートフォンから顔を上げた。オンラインからオフラインへと意識が戻れば、周囲の風景が色彩を持って立ち上がる。

秋の深まるキャンパス。行き交う学生達の服装は、厚着と薄着の中間やや厚着寄りといったところだった。強めの風が、実際のカレンダーよりも体感温度を下げているのだ。

泉実は、一人でベンチに座っていた。泉実もまた、チェスターコートにニットのトップス、膝丈《ひざたけ》のスカートにタイツという秋冬仕様な格好だ。これだけ着ていれば肌寒くない。

ぶるぶるとスマートフォンが震えた。通話がかかってきたようだ。再び画面に目をやると、「母」と表示されている。やれやれ、またか。

「もしもし」

　やや不機嫌気味に通話を取る。

『もしもし？　あのねえ、泉実。寒くなってきたけど、大丈夫？　風邪引いてない？　あんた気温の変化に弱いんだから、暖かくするのよ』

　完璧《かんぺき》に予想通りだった。母は二日に一回以上の頻度でなんやかんやと連絡してくるのだが、毎回こんな感じで一方通行なのである。心配しているのか、単に喋《しゃべ》り相手がほしいのでかけてきたのか、さっぱり分からない。

「大丈夫だよ」

　声の不機嫌濃度を高めてみるが、母は気づかない。

『あれ、あるでしょう。あのもらいもののマフラー』

　そして、特大の地雷を踏み抜いてきた。

『ずっと巻いてたやつ。あれ、そっちに持って行ってたでしょう。ちゃんと巻くのよ』

　泉実は凍りつく。よくもまあ、このタイミングで思い出させてくれたものだ。

「——分かったから。じゃあ、もうすぐバイトだから切るね」

　大爆発してしまう前に、泉実は電話を切った。まあ一応は心配してくれているのだし、いつもならもう少し付き合うのだが、今はどう考えても無理だった。

スマートフォンの画面を見る。電話中に、画像SNSからプッシュ通知がきていたようだ。「muneyuki0507さんがたった今、写真を投稿しました」。夏の終わりまで泉実の彼氏だった男が、画像SNSに何かアップしたらしい。

見ない方がいい。いやむしろ見るな。泉実の理性が、最大音量で警告を鳴らしまくってきた。それが百パーセント正しいことは分かっている。しかし、毎回泉実はその警告を無視してしまう。まるで画面の真ん中に浮かんでくるインターネット広告みたいに、×ボタン連打でおしのけてしまうのだ。

泉実は画像SNSのアプリを立ち上げる。最新の画像として表示されたのは、男子七対女子三くらいの集合写真だった。

どこかの川辺。後ろにはバーベキューの道具。「最高すぎる時間だった！　みんなに感謝。これからもたくさん集まってもっと仲良くなりたいな」なんていうコメント。絵に描いたような、「充実したリアル」を押しつけてくる一枚だ。

写真をアップした若者は、集団の中心辺りに収まっていた。整った面立ち、お洒落な髪型と服装。傍らには――他の女性。

溜《た》め息をついて、泉実はスマートフォンをスリープにする。気分は、控えめに言って最悪だった。かつての自分の居場所に他の誰かがいる光景を見せつけられるのが、楽しい筈《はず》はなかった。

ファミリーレストランでのアルバイト中、泉実は殊更に頑張った。たとえバイトとはいえ、プライベートのことで仕事に悪影響を及ぼすのはいやだった。それは、なんだか負けな気がするからだ。

「――ふう」

結果として、上がる時間には泉実はくたくたになっていた。普段よりも重荷を背負って普段通りに働いたのだから、当たり前と言えば当たり前だ。

「本庄さん、お疲れ？」

事務室でタイムカードを切ったところで、バイトリーダーの池田《いけだ》さんがそう声を掛けてきた。気遣ってくれているようだ。

「いえ、そういうわけじゃないんですけど」

「最近元気ないよ。何だったら、お姉さんが相談に乗るけど？」

言って、池田さんはニカッと笑う。親切で大らかで優しい人柄が、そのまま出たような笑顔だ。

「ありがとうございます。でも、ほんと大丈夫です」

池田さんに嘘をつくのは、少し胸が痛む。しかし、話すことができなかった。

「お疲れ様でした」

頭を下げて、泉実は事務室を後にした。

池田さんだけではない。泉実は、誰にも相談をしていなかった。理由は、自分でも分からない。そこまで重く深く傷ついているというわけでも、ないはずなのだけれど。

部屋の鍵《かぎ》を開け、中に入る。初めは慣れなかったワンルームも、半年以上も経てば随分と馴染《なじ》んできた。

鍵を閉め、靴を脱いで部屋に上がり込む。鞄《かばん》はそこら辺にぽいっと置いて、そのままベッドまで行ってうつ伏せにばったり倒れ込む。

「――っ！」

泉実は拳《こぶし》を固めると、思いっきりベッドに振り下ろした。馴染んだ空間に一人きりだからこそ、表に出せるものがある。

「何、やってるんだろ」

苛立《いらだ》ち交じりの呟《つぶや》きは、誰にも届かず枕に吸いこまれた。

――寒い。泉実は目が覚めた。いつの間にか、寝てしまっていたらしい。風邪を引いたかもしれない、と他人事《ひとごと》のように考えながら、もそもそと布団を被《かぶ》る。母も言った通り、泉実は気温の変化に弱い。今みたいな季節の変わり目は要注意なのだ。

「マフラー、かあ」

少し、見てみよう。そんな気になり、泉実は立ち上がった。

部屋の隅に置いてあるカラーボックスの前に、移動する。上下二段。どちらにも、実家から持ってきた服が入っている。

冬物は、下の段だ。トレーナーやセーター、防寒肌着などが主である。高校の時分は気にせず着ていたものだが、今みるとどれも野暮ったく感じられる。

マフラーは、奥の方から出てきた。薄い白色、毛糸。一目見るなり感慨のようなものが湧き起こってくる。泉実にとって、このマフラーはただの防寒具ではないのだ。いわば戦友である。

弓道に打ち込んだ高校時代。冬場の朝練という試練に立ち向かう際、常に側にいてくれたのがこのマフラーだった。雨が降ろうが、雪が降ろうが、放射冷却で道が凍ろうが、泉実は学校までの道のりをこのマフラーと共に駆け抜けたものだ。

そしてまた、このマフラーにはもう一つ思い出がある。そう、このマフラーは――

「ん？」

ふと、泉実は違和感をおぼえた。マフラーの裏側に、少し手触りが変な箇所があるのだ。本来はもっとこう、背面にも厚みがあったはずなのだが。

「えっ」

ひっくり返して確認して、泉実は凍りつく。マフラーに、穴が空いていた。さほど大きくもない穴が、いくつもいくつもある。空いた穴の大きさと毛糸という素材で、合わせて一本。これは虫食いだ。

「あれ？」

突然、視界が滲《にじ》んだ。どうしたのか——と自分に問いかけるそれより早く、両目からぽろぽろと液体がこぼれ落ちる。

「えっ、え」

拭《ぬぐ》っても、拭っても止まらない。彼の今を見ても、バイト先で疲れ果てても、出てこなかったもの。それが、後から後から溢《あふ》れ出してくる。

ああ、どうしてなんだろう。彼と別れた時に、涙は涸《か》れ果てたと思っていたのに。

「えー、すなわち、『持続可能な社会』を目指すということに、大きな企業も取り組んでいます。たとえば日本の有名な電機メーカーが、自社食堂に認証を取得した持続可能な水産物を——」

次の日、ショックを引きずったままで泉実は講義を受けていた。大教室の後ろの方で、マイクとスピーカーによって増幅された教授のぼそぼそ声を浴びるばかりである。興味を持って取った講義だったのだが、ろくに集中できていない。

講義が終わると、さっさと大学を後にする。帰ってから何をするというようなプランは一切ない。今日はバイトのシフトに入ってもいないので、適当にネットを見るなりなんなりして終わりだろう。

我ながらもうちょっと何かないのか、と思わないではない。だが、では何をするのかというとそれも見つけられないでいた。元々はもっとあれこれやる気満々な人間だったはずなのに、一体どうしてしまったのか——

「——いたっ」

突然何かがどかっと泉実の足に当たり、がたんばたんと音を立てて倒れた。自分も転びそうになりつつ、どうにか体勢を立て直す。

「すいませんっ」

咄嗟《とっさ》に謝りながら、泉実はひっくり返ったものに目を向けた。

それは、立てるタイプの看板だった。黒板風の作りで、「お直し処猫庵《ねこあん》」なんて文字がチョークで書かれている。庵のはらいが猫の尻尾《しっぽ》になっていて、とても可愛い。「季節の変わり目はお得！　店長の換毛期割」とも書かれていた。総じて、いい感じのデザインである。

「大丈夫ですか？」

慌てて看板を起こそうとしていると、そんな言葉が掛けられた。

「すいません。邪魔になってましたか」

声の主は、一人の青年だった。猫がデザインされたエプロンを身につけているところからして、この猫庵の店員さんだろう。

「いえ、そんな」

泉実は狼狽《うろた》えた。無論、看板を蹴り倒した現場を押さえられて気まずいというのもある。しかしそれよりも遥《はる》かに大きいのが、店員さんのイケメンぶりだった。

少しくせのある髪の毛に、整った面立ち。切れ長の瞳《ひとみ》は優しげな光を湛《たた》えていて、年の頃は泉実と変わらないはずだ。しかしどうしてだろうか、泉実よりも年上に見える。

「お怪我はありませんか？」

看板に構わず、青年は泉実のことを心配してきた。

「いえ、ほんと大丈夫ですから！」

わたわたしながら、泉実はようやく看板を起こす。顔が熱い。恥ずかしさか、あるいはもっと他の気持ちか。

「そうですか。良かったです」

青年が、柔らかく微笑んだ。ますますどぎまぎしてしまい、泉実は目を逸《そ》らす。

逸らした先には、一軒の店があった。茶色の扉に、ショーウインドー。ショーウインドーの中には、様々な小物や冬物の防寒具が並んでいる。猫モチーフのものが多いことからして、これが猫庵だろう。

「素敵なお店ですね」

泉実が言うと、青年は嬉《うれ》しそうに微笑んだ。

「そうですね、何しろ——」

「何しろ、このわしの庵であるからな」

そんな声が響いた。

「せんすのある者の庵は、自然とせんすが良くなるものだ」

店の扉が開く。中から現れたのは、

「わしが庵主《あんしゅ》である」

二本足で立って歩く、一匹の猫だった。びっくり仰天する泉実である。まあ無理もない。

二足歩行する猫に話しかけられて冷静さを保てる人間なんて、まずいないはずだ。

「つまり、今頂いた高評価は僕のおかげってことですね。店を実質的に運営してるのは、店長じゃなくて僕なんですから」

青年は落ち着き払って言葉を返す。猫に話しかけられても冷静さを保てる希少な人間が、ここにいた。

「なにー！　童《わっぱ》、下克上すると申すか！　というか、店長ではなく庵主だといつも言っておるだろう！」

店長と呼ばれた猫がぷりぷり怒る。手足をばたばたさせる姿は、鳥獣戯画に通じるユーモラスさがある。

「下克上は下の者が上の者を倒して権力を手にすることでしょう？　僕は実権を握っているので、やろうと思ってもできないです」

「ほざくな！　童が実権など、へそで茶が沸くわ！」

「その茶を上野《うえの》さんに発注し管理してるのは僕ですからね？　仮に僕が待遇改善を求めてストライキを断行したら、店長が飲みたい時に飲みたいものがないって事態が起こりますよ？」

「ぬっ、むむ」

店長が、苦虫を嚙《か》み潰《つぶ》したような顔をして黙り込む。何だかよく分からないけれど、青年が店長を言い負かしたようだ。

「よいだろう。そこまで言うのであれば、わしにも考えがある」

しばらく腕を組んで考え込んでから、猫はそんなことを言い出した。

「童、今回はお主がこの娘の面倒をみてやれ」

「へ？」

戸惑う泉実を、店長は見上げてきた。

「こやつの『お直し』を、見事成し遂げてみせよ。今回は、猫の手は貸さぬぞ」

というわけで、泉実は望むと望まざるとにかかわらず青年に面倒を見られることになった。

「ごゆっくりどうぞ」

青年が、泉実の前にお茶を出してくれた。穏やかな香りを立てる緑茶だ。和風の内装にぴったりな感じである。

「ありがとうございます」

泉実は、お茶に口を付ける。こんな得体の知れないところで出されたものは遠慮すべきなのだろうが、抵抗は一切感じなかった。いや、別にイケメンが相手だからではない。

「──あ」

一口飲むなり、思わず声が出た。ほんのりとした苦さが、味わいの中にぴんと一本筋を通している。

「お気に召しましたか？」

カウンターの向こう側で、青年が笑った。

「はい。美味《おい》しいです」

何というか、「本物」を飲んだ気がする。街中に溢れるお茶が偽物というわけではないのだが、大量生産品では決して出せない風格のようなものを感じる。

「まあ、こんなものだな」

後ろから、店長が偉そうに品評する声が聞こえてきた。

振り返ると、店長がテーブル席を独り占めしていた。真っ直ぐ椅子に座り、前足を両手のように使って湯呑《ゆの》みを持っている。実に現実感が狂う光景だ。看板にぶつかった瞬間、泉実は異世界に転生でもしてしまったのだろうか。

「しかし、猫庵《にゃあん》の真髄は茶だけではないぞ」

もう一度ずずずとお茶をすすると、店長はそんなことを言った。そうか、にゃあんと読むのか。強引と言えば強引だが、猫が喋《しゃべ》るよりは幾分か納得できる。

「うちの真髄ですか？　それは分かってますよ。お直しの店なんですから」

ふふんと不敵に鼻を鳴らすと、青年は泉実に向き直ってきた。

「さて。少し質問なんですけども」

そして、じっと目を見てくる。

「は、はい」

思わず視線を外しながら、前髪を整え直したりしてしまう。

「ひょっとして、何かお直ししたいものとかあるんじゃないですか？」

青年は、そんなことを訊《たず》ねてきた。

「え、え？」

戸惑ってしまう。ちょっと、質問の意味が分からない。

「この店を訪れる方は、何か大切なものを直したいと思っていらっしゃることが多くて。巡り合わせ、といいますか」

「大切な、もの――」

口にしてから、泉実の脳裏にあのマフラーが浮かぶ。

「何か、おありみたいですね」

青年が少し身を乗り出してきた。

「ああ、いえ」

泉実は口ごもる。大切、なのだろうか。いや、取り出して涙を流す程なのだから大切なのだろう。でも、何だかそう言い切るのにも抵抗がある。

「遠慮なさらず、仰《おっしゃ》って下さい。直せるかどうか見積もるのも、僕たちの仕事のうちですから」

泉実の沈黙を違う風に取ったのか、青年は親切に言ってくれた。ますます気まずくなる。

やっぱり大したことないですとか、ちょっと言い出しにくい空気である。

「マフラー、なんですけど」

遂《つい》に、泉実は諦《あきら》めた。こんなに親身になってくれているのに、何も頼まないというのも申し訳ない。

「マフラーですか。素材はなんでしょう？」

青年が、ふむと腕を組む。

「毛糸です」

「なるほど。今お持ちですか？」

「今は、部屋ですね。取ってきましょうか」

頭の中で、マンションまでの距離とかかるだろう時間を計算する。それなりに遠いが、まあ行けないこともない。

「ええ。よろしければ是非」

「じゃあ、行ってきますね」

言って、泉実は立ち上がる。

「お待ちしております」

そう言うと、青年は立ち上がり、わざわざ店の扉を開けてくれた。

「お気を付けて」

そして、泉実が店から出ると見送ってくれる。

早いとこ、帰ってこようかな。何だかそんな気になって、泉実は走りだした。部活で鍛えたこともあり、長距離走には自信がある。ささっと往復して、取ってこよう。

だというのに、家までの道のりはえらく時間がかかってしまった。大学生活で体が鈍ったとか、心肺機能が衰えたというわけではない。全盛期ほどではないとはいえ、そこまで弱ってはいない。

問題は靴だった。かかとのあるブーツを履いていて、思うように走れなかったのだ。何度も何度も転びかけては、慌てて体勢を立て直す始末である。かかとのある靴を履くとお洒落《しゃれ》だとかシルエットが良くなるだとかいうことで履くようになったのだが、走るためにはマイナスでしかなかった。

ようやく部屋に着くと、泉実は出しっぱなしだったマフラーを引っ摑《つか》み鞄《かばん》に突っ込んだ。そして、今度はスニーカーを履いて部屋を飛び出す。

効果は抜群だった。泉実は飛ぶように走り、あっという間に猫庵に舞い戻った。

「持ってきました！」

扉を開けて、中に入る。

「早かったですね」

青年が、驚いたように目を丸くする。

「娘、中々に健脚のようであるな」

店長の目は元々丸い。

「これです」

カウンターに座り直すと、泉実は鞄からマフラーを取り出した。

「お預かりしますね。――なるほど、虫食いですか」

青年は、マフラーを受け取ると真剣な目で調べ始める。

「そうですね」

青年は、マフラーから顔を上げた。その瞳《ひとみ》が、泉実に向けられる。心の奥まで見透かすような、視線。

「残念ですが、僕にはこのマフラーは直せませんね」

青年は、そう告げてきた。

「――はい」

泉実は戸惑う。思ったよりも、がっかりしてしまったのだ。どうしてだろう。このマフラーが直ったところで、何かが元に戻るわけじゃないのに――

「でも、やれることはありますよ」

青年が、続けてそう言う。

「新しいマフラーを編むんです」

「えっ？」

泉実はぽかんとした。混乱しているところに、更に意味不明なことを言われ、頭がフリーズしてしまったのだ。

「一緒に、頑張りましょうね」

啞然《あぜん》としている泉実に、青年はにっこり微笑みかけてきたのだった。


何がどういうことか分からないまま、泉実は次の日から編み物講座を受講することになった。

「まずは、編み棒を二本握ってください」

「はい」

猫庵のテーブル席で、青年から差し向かいで編み物を教わるのである。

「それから、毛糸で輪っかをこれくらいの長さのところに作って、二本重ねた編み棒に通して引き縮めます」

「はい」

「はいしか言わん小娘だな」

おまけとして、喋る猫が茶々を入れてくるサービスもついている。

「仕方ないじゃないですか」

泉実は店長に抗議した。態度がでかいせいか、つい丁寧な言葉遣いになってしまう。

「編み物とか、ちゃんとやるの初めてなんです」

自慢ではないが、泉実は手先が無器用である。家族もほとんど全員が同様であり、もうそういう宿命だと諦めている。

「簡単ですから、大丈夫ですよ」

そう言ってくれるが、作るべき位置に輪っかが上手に作れない。弓の弦なら固く重くともいくらでも引けるのに、ふにゃふにゃの毛糸には手も足も出ない。

「まったく、ぎこちないにもほどがあるな。ほれ、ぺっぽぁくんといったか。今時分、あれでももう少しなめらかにできるのではないか？」

店長が、泉実をロボットよりも下に位置付けてくる。悔しくて必死にやるのだが、変な位置にばかり輪ができてしまう。

青年が泉実にくれた毛糸は、緑から濃い青へと移るグラデーションのものだった。手触りはふわふわとしていて、マフラーになればきっと暖かいだろう。しかし今はまだ毛糸の段階であり、マフラーへの道のりは果てしなく険しい。

「――あっ」

必死になるあまり、肘《ひじ》が毛糸玉に当たってしまった。毛糸玉は床に落ちて、ころころと転がる。

「むっ」

反応したのが、それまで横槍《よこやり》ばかり入れてきていた店長だった。人間よろしく腰を落ち着けていた椅子から飛び降り、四《よ》つん這《ば》いで毛糸玉を追いかける。

「むむっ」

転がる毛糸玉に、店長は猫パンチを繰り出す。完全に猫である。

「ぷーっ」

青年がわざとらしく吹き出し、はっと店長は我に返った。

「違う。違うぞ。これはだな」

取り繕おうとする店長だが、視線は毛糸玉にばかり向く。気になって気になって仕方ないのだろう。

「分かりますよ。猫は所詮《しょせん》猫ということですねえ」

青年が、ふふっと鼻を鳴らす。

「なにー！　バカにしおって！　これしきの誘惑、その気になれば――」

「ほれほれー」

立ち上がって喚《わめ》く店長に、青年は自分の分の毛糸玉を転がした。

店長は、為《な》す術《すべ》なく転がる毛糸玉を追いかける。

「卑怯《ひきょう》者めが、恥を知れっ」

無念の声を上げながら毛糸玉にパンチする店長には、何とも言えない悲哀が漂っていた。

「ざまあみろ、ですね」

青年はおかしそうに笑うと、毛糸玉はそのままでマフラー編みを開始する。

二本重ねた編み棒に、糸を複雑に絡ませていく。絡ませ終わると編み棒を一本抜き、どんどん動かして糸をマフラーへと変えていく。

「すごい、です」

泉実の口から、感嘆の声が漏れる。その手付きは、控えめにいっても達人級の鮮やかさだった。素人の泉実でも、はっきりそうと分かる。

「慣れですよ」

泉実の視線に気づいたか、青年は微笑んだ。

「ゆっくり時間をかけて、コツコツとやっていけば上達します。お客さんは、そういう経験おありじゃありませんか？」

言われて、泉実は考え込む。何かに、地道に取り組んだ経験。

「ないわけでは、ないですけど」

「ぬううっ」

「おや、おありですか」

　青年が、興味を示してきた。

「高校三年間、部活で弓道やってたんです」

　それに釣り込まれるように、ついつい話し始めてしまう。

「ほとんど走ったり筋トレしたりでしたけど。顧問の先生、『上手《うま》い人間は筋肉じゃなくて骨で引くんだ』とか言う割に、筋肉ばっかり鍛えさせるんですよ」

　袴《はかま》や防具に憧《あこが》れてやってきたタイプの初心者部員は、半月と経たずに淘汰《とうた》された。まあ実のところ泉実もそのクチだったのだが、負けず嫌いな性分もあって耐え抜けた。

「それでも、三年目には最初の頃よりは随分上手くなったと思います」

　エースとして活躍したとか、大会で結果を残したとか、そういう大きな何かがあるわけではない。しかし、打ち込んだだけのものは得られたように思う。

「――って、なんか自慢話みたいになっちゃいましたね」

　泉実はてへへと笑って誤魔化した。ちょっと、調子に乗りすぎてしまったかもしれない。

「いえいえ。面白い話でしたよ。骨で引く、ですか」

　青年は、優しくそう言ってくれる。

「弓取りであったか。近頃の若者にしては感心なことよ」

　店長も、毛糸玉をつつきながら褒めてくれた。

「謙遜《けんそん》することはありませんよ」

青年が、泉実をじっと見てくる。

「あなたが努力して身につけた技術。費やした時間。努力したという経験そのもの。全部、あなたの宝物です。誇りにしていいと思います」

「――はい」

真っ直ぐど真ん中に飛んでくるストレート。そんな三つ重ねの大技にぶち抜かれ、泉実は赤くなった顔を編み棒で隠すほかなかった。こんな素敵なことを言われて、どう反応しろと言うのだろう。

「でね、口内炎が痛いからか何だか知らないけどさ、超感じ悪いのよ。あたしはただのバイトで、『八つ当たり用サンドバッグになる手当』とかもらってないって話」

大学での昼食は、友人たちと食堂でとることが多い。時間によっては混み合うと椅子が無くなるので、その時は学外のお店に行ったりもするが、今日はまだそこまで混んでいない。

「でも口内炎って痛いよねえ。できたら噛《か》んじゃうし」

「わかるー。薬とかあるのかなあれ」

「ドラッグストアで売ってるよ。なんか塗るのとか貼るのとかある」

「えー。どれがいいんだろ」

友人達が繰り広げる他愛ないお喋《しゃべ》りを、泉実は上の空で聞き流していた。頭の中は、あの店のことでいっぱいなのだ。

喋る猫とイケメンが営む、不思議なお店。こうして日常生活の中にいると、夢か幻であるかのように感じられる。しかし、間違いなくあの店は現実に存在している。編みかけのマフラーが、今も編み棒ごと鞄《かばん》の中に入っているのだから。

あの日から、毎日のように泉実は猫庵に通っていた。相変わらずマフラー編みは上達しないし、店長に小バカにされてばかりいる。一方で、青年は温かく見守ってくれて、「地道な努力は結果に繋《つな》がる」と励ましてくれるのだ――

「ねえ、泉実はどれがいいと思う？」

話を振られ、泉実は我に返った。

「ああ、うん。機嫌悪い人って大変だよね」

泉実の反応を聞くなり、友人たちは、一斉に変な顔をする。

「え？　あれ？」

「周回遅れにもほどがあるよ、いずみん」

戸惑っていると、より戸惑った感じでたしなめられた。

ちゃんと聞いていなかったのは事実だ。泉実は謝ると、殊勝な顔つきで昼ご飯の丼をかきこんだりなどしてみる。

「てか、泉実はここしばらくずっと変だったけど、最近はもっと変だよね」

友人の一人がそう指摘すれば、別の友人がうんうんと頷《うなず》く。

「ほんとほんと。ずっとぼーっとしてるよ」

「前までは深刻な顔で世の中に絶望してる感じだったけど、今は常に意識が別世界に飛んでる雰囲気」

「ちょっと。みんなしてわたしの変さを口々に指摘しないでよ。なんかわたしがすごく変な人みたいじゃない」

「いや、実際変でしょ。昼ご飯の献立まで変じゃない」

言われて、泉実は自分が両手で持っていた丼に目をやる。松浜《まつはま》チーズ牛丼。考案者である文学部教授の名を冠したと言われる、千キロカロリーオーバーの重量級メニューである。

「いずみんは、もっとうさぎの餌みたいな野菜ものばっかり食べてたよ」

「いきなり肉食化したよね」

「えっと、これは」

大学になってできた友人たちは知らない。元々、泉実はこういうものばかり食べていた。

「ごめん」

筋トレ部活女子高生であるためには、それを支えるエネルギー源が不可欠だったのだ。

大学に入ってから、泉実は野菜多めカロリー控えめの食生活へとチェンジした。スタイルが、気になり始めたからだ。

周囲も大体同じような女の子ばかりだった地元の高校と都会の私立大学とでは、ルックスに関する概念が根本から異なっていた。ファッション雑誌などでしか見たことがないようなきらきらした女子が、キャンパスの至るところで群れをなしているのである。最初、泉実は自分が山芋か何かになったような気がしたものだ。

こんなことではいけない。彼氏を取られてしまう。そんな切迫感から、体形に気をつけ、服にもメイクにも修業を重ねるようになったのだ。結局、何の意味もなかったのだけれど
――

「ほら、やっぱり変」

「なんか突然ブルーになってるし」

「あ、いや。別に、何でもないよ」

慌てて泉実は誤魔化した。失恋したことは、大学の友人たちにも話していないのだ。

「変わったっていったら、服も変わったよね」

それまで黙っていた別の友人が、そう付け加える。

「今までは普通にお洒落《しやれ》って感じだったけど、最近は攻めてるよね。ボーイッシュって言

うか、格好良い系？」

泉実は、スニーカーを履いてクロップドパンツ、そして落ち着いた色のアウターという組み合わせだった。方向性は、大分変わっている。

――ああ、確かに変と言えば変だ。彼と別れてからも、泉実はずっと「普通にお洒落」を貫いてきた。意地のようなものがあったからだ。「ここでやめてしまっては、負けを認めた気がする」「絶対、この生活を維持してやるんだ」そういう、強い信念があったのだ。だというのに、今の自分はどうして、スニーカーを履いて千キロカロリーのお昼ご飯を食べているのだろう？


昼下がり。泉実が猫庵の扉を開けると、中にパンダがいた。

「おやおや、可愛らしいお客さんだね」

大型サイズの椅子にどかっと座ったパンダは、泉実を見てそんなことを言ってきた。

泉実はというと、驚愕《きょうがく》のあまり言葉を発することもできない。最近のパンダは、笹を食べるだけではなくお世辞を言えるように進化したのだろうか。いや、そんなはずはない。種の進化は、そこまで一足飛びで起こったりはしない。

「仕入れ業者の上野さんです。いつもお世話になってるんですよ」

カウンターの中にいた青年が、パンダを紹介してきた。

「上野さんの眼力には、わしも信頼を置いておるぞ」

パンダと向かい合わせで座っていた店長は、パンダを賞賛した。

驚いているのは泉実だけであり、多数決により泉実の反応はこの場にふさわしくないものであると決定した。軌道修正しないといけないわけだが、でもさすがにこれはどうなのか。

「いやいや、そんな。困っちゃうなあ」

上野さんと呼ばれたパンダが、顔の前で前足をぱたぱたと振った。猫とパンダが言語を用いて意思疎通している。ディズニーの映画にありそうな光景だ。王子様もいるし。問題は泉実がプリンセスではないことくらいだろうか。

「今回仕入れてくれたお菓子も、素敵ですよね」

青年がそういう言うと、

「亀十《かめじゅう》のどら焼きだ！」

店長がぴょーんと飛び上がった。随分とご機嫌である。

「いやいや、そんな」

上野さんはまた前足をぱたぱたさせる。

「カメジュー？」

ただ一人、泉実だけが置いてけぼりであった。

「浅草《あさくさ》の老舗《しにせ》の和菓子屋さんです。どら焼きは一日三千個限定で、毎日行列ができるんですよ」

上野さんが言って、テーブルの上を指し示す。そこにはお盆が置いてあり、お盆には一個一個包装された丸い和菓子がのっていた。

「そうなんですか。わたし浅草に詳しくなくて」

浅草といえば、条件反射のように雷おこしが浮かぶ。他にも銘菓があったとは知らなかった。

そこまで考えて、ふと泉実は疑問に思う。上野さんは、その限定どら焼きなるものを一体どうやって仕入れたというのか。浅草の行列にパンダが出現したら大騒ぎな気がする。

「ええ。とても美味《おい》しいですよ。今お茶を淹《い》れますから、お客さんも召し上がって下さい」

青年がそう言うと、店長が表情を変えた。

「小娘にやっては減ってしまうではないか」

顔を歪《ゆが》めて口を開けた、フレーメン反応みたいな顔である。言い換えると、めっちゃ嫌そうだ。

「まあまあ。また仕入れてきますから」

上野さんがなだめてくれた。いい人、ではなくいいパンダなようだ。

「仕方ないのう。——ほれ、小娘。早《はよ》うこんか」

店長が、壁側に詰めて椅子を空けてくれた。

「どうも」

泉実は小さく頭を下げた。さっきの顔には大変引っかかるものがあるが、まあ譲ってくれるなら礼は言っておかねばなるまい。

「じゃ、頂きますね」

椅子に座ると、早速泉実はどら焼きに手を伸ばしてみた。

「むっ」

店長みたいな唸《うな》り声が出る。持っただけで分かる。このどら焼き——ただ者ではない。

「ずっしりしてますね」

見た目からして結構大きいが、何より重みがしっかりしている。中に入っているあんこの充実振りを期待させる感触だ。

「でしょう。びっくりしますよね」

青年がやってきて、お茶を出してくれた。初めて出してくれた時と同じ、緑茶だ。

「ありがとうございます」

泉実がお礼を言うと、青年はにっこり笑顔で返してきた。泉実は俯《うつむ》く。どうも調子が狂う。何なのだろう、この感じ。

——いや、とにかく今はこのお菓子を食べよう。そう思い直して、泉実は袋を開けてどら焼きを取り出した。

やはりずっしりとしている。厚みもしっかりあり、威風さえ感じさせられる。実に結構な値段がするのだろうが——いや、今は値段のことは考えまい。頂き物なのだから、有り難く頂くのだ。泉実はどら焼きにかぶりつく。

「——！」

実に衝撃的だった。この生地は一体どういうことだ。むっちりもっちりとした躍動的な食感には、命が宿っているようにさえ思わされる。生地という字は、生きた地面と書く。その理由が、今分かったような気がする。

「——‼」

衝撃には第二波があった。かぶりついた生地の中から、あんこが飛び出してきたのだ。温泉のように、あるいは油田のように。芳醇《ほうじゅん》な甘みが、噴出してきたのだ。

泉実は戦慄《せんりつ》した。浅草なんて、雷おこし以外には巨大な提灯《ちょうちん》を撮影する外国人観光客のイメージぐらいしかなかった。こんな恐ろしい兵器を保有していたとは——

——気がつくと、泉実はどら焼きを食べ終わっていた。バカな！　何と言うことだろう。このどら焼きには、美味しさのあまり食べた人間をタイムスリップさせる力があるというのか？

「ほらほら、あんまり急いで食べると詰まりますよ」

言って、青年がお茶を勧めてくる。

「あ、ども」

礼を言って、泉実は緑茶を口にした。

「――ふう」

一本筋の通った苦みが、どら焼きショックから泉実を正気へと引き戻す。対極と対極の味わいで、釣り合った天秤《てんびん》の如き美しい均衡が生まれたのだ。そういった組み合わせまで考えて、青年はお茶を出してくれたらしい。

「白あんもありますよ」

青年が、別のどら焼きを勧めてくる。

「頂きます！」

断る理由など無い。泉実は早速、そちらの袋も開けた。

白あんのどら焼きは、見た目も手で持った感じも黒あんとまったく同じだ。しかし、かじってみると――まったくの別物だった。

ガンガン前に出てくる黒あんと違い、主張は強くない。その分、より生地の魅力が味わえる。

しかし、決して影が薄いというわけではない。白という言葉が喚起するイメージ通りに柔らかい甘みは、穏やかかつ緩やかに染み渡っていく。

要するに、比率が違うのだろう。黒あんとは違う配分で、どら焼きとしての魅力を際立たせているのだ。

どら焼きというお菓子の奥深さに、泉実は感銘を受ける。自然界における黄金比の数字は一つしかない。しかし、どら焼きにおける黄金比は複数あるらしい。すなわち、どら焼きは超自然的な存在だということなのかもしれない。自然を超えた偉大なる何か、それがどら焼きということなのかもしれない。

「まだまだありますから、どうぞ遠慮無く」

青年が、お盆ごとどら焼きを勧めてくる。これは悪魔の囁《ささや》き以外の何物でもない。昼間たらふく食べて、更にどら焼きをたらふく食べる。自然の摂理に従えば、それは単なるカロリーの過剰摂取なのだ。

「はいっ」

しかし、どら焼きは自然を超越した存在である。つまり、食べ過ぎてもカロリーの過剰摂取にはならない。そう結論づけると、泉実は心ゆくまでどら焼きを頂いたのだった。

「時に小娘、まふらぁはどうなのだ。多少は進んだのか」

どら焼きを満喫しきった泉実に、店長が声を掛けてきた。

「え？　ああ、はい。まあ部屋帰ってからもやったりしてますよ」

泉実は、鞄《かばん》の中から編みかけのマフラーを取り出す。最初の方は編み棒に巻きついた糸でしかなかったが、近頃では編み物を名乗ってもばちは当たらない程度の仕上がりになってきている。

「ふうむ」

椅子に座った店長は、マフラーを覗《のぞ》き込む。

「そこまでひどい仕上がりではないが、いかんせん時間がかかりすぎておるのう。編み上がる頃には冬が終わってしまうぞ」

そして、そんな品評をしてきた。泉実はむっとする。パンチや引っ掻《か》き程度の技術しかない猫の分際で、随分と上から目線である。

「小娘。今、猫の分際で偉そうだなとか思っただろう」

店長がぎろりと泉実を睨《にら》みつけてくる。

「よかろう。我が入神の境地に達した腕前、見せてくれよう」

何やら、店長が前足を差し出してきた。猫が編み物をやるというのか。泉実は内心冷笑しながら編み棒を渡す。ムキになっているようだが、猫の前足ではどう考えても編み物は無理だ。いい見せ物になりそうである。

「こうやって、こうやって、こうだ」

店長が、編み棒を動かし始めた。ざっと泉実の十倍以上の速さで、マフラーが編み上がっていく。

「嘘」

泉実は驚愕した。見せ物にするどころか、見せつけられた感じである。なんて速さだ。あり得ない。――いや、ひょっとしてこれは、猫が速いのではなく泉実が遅すぎるのではないか？　あまりに手先が無器用なため、一般的な猫の十分の一くらいのスピードでしかマフラーが編めないとか。

「まあ、そうショックを受けることはありませんよ」

動揺のあまり訳の分からないことを考え始めた泉実を、青年が慰めてくれた。

「店長は魔物のようなものです。猫が喋《しゃべ》る時点で理に適《かな》ってないんですから、手芸スキルの高さも非合理的なんです」

「童！　師の技を超常現象呼ばわりするとは何事か！」

「少なくとも通常ではないでしょう。――いいですか、お客さん」

店長の抗議には取り合わず、青年はテーブルの傍にしゃがみ込む。居酒屋の店員さんが注文を取るときによくやるあの姿勢だ。

「ペースも人それぞれ、時間配分も人それぞれです。自分だけのものを作ろうっていうのに、他人がどうなのかなんて意識することないんですよ。ああ、店長は人じゃなくて猫ですけどね」

泉実を見上げるようにして、青年はにっこり笑う。

「勿論《もちろん》基本っていうのはありますからそれを踏まえなくちゃいけませんけど、やり方や在り方を型に嵌《は》めすぎる必要はないんです。なんだってそうでしょう？」

その言葉は、不思議と泉実の胸に落ちた。幾重もある心の障壁をすり抜けて、深い深い部分まで染み込んでいく。

「あなたは、あなたのままでもいいんですよ」

――ほろり、と。涙が泉実の頬を伝った。

「え？」

戸惑いが先に立つ。一体、自分はどうしたのか。

「あれ？　あたし、どうしたの？」

ぽろぽろ、と。涙はとめどなく流れる。

「ごめんなさい、何か嫌なことを言ってしまいましたか？」

青年が、立ち上がりおろおろし始めた。無理もない話だ。何の前触れもなく唐突に泣き出されては、さすがの彼もどうしようもないだろう。

「大丈夫かい」

上野さんも、気遣わしげだ。

「あの、店長——」

青年は店長に声を掛けようとするが、

「おお、そうだ上野さん」

店長は前足の肉球と肉球をぽむと合わせた。

「たっぷりどら焼きも食べたし、腹ごなしに相撲を取らぬか」

身の程知らずにも程がある、と泣きながら泉実は考える。パンダと猫が相撲を取っても、ウェイトの差が大きすぎて勝負にならないだろう。

「ええっ、相撲？」

しかし、上野さんは明らかに困った様子を見せた。

「店長の立ち合いは腰が低くて手強《てごわ》いんだよ」

そりゃあまあ位置的に低いだろうが、そういう問題なのか。

「よいから行くぞ。さあさあ」

店長は、上野さんのお尻を押すようにして店から出て行った。自然、青年と泉実の二人きりになってしまう。

「とりあえず、これをお使い下さい」

青年が、ハンカチを出してくれた。ハンカチには可愛い猫の刺繍《ししゅう》がされていて、使うのが躊躇《ためら》われるほど素敵な出来だが、貸してくれているものを断るわけにもいかない。泉実は有り難くハンカチを受け取り、涙を拭《ふ》いた。ハンカチは、ふわりといい匂いがした。

「少し待ってて下さいね」

そう言って、青年はテーブルから離れカウンターに入る。大人しく待っていると、青年は何やら湯気の立つカップをお盆にのせて持ってきてくれた。

「ハーブティーです。気持ちが落ち着きますよ」

「ありがとう、ございます」

カップからは、ハンカチとはまた違ういい匂いが漂っている。とても、優しい香りだ。

ハーブティー、名前はよく見聞きするけれど飲んだことはない。

カップを手に取り、そっと口を付けてみる。ハーブというのだから、もっとHPが回復しそうな葉っぱ葉っぱしい味わいをイメージしていたが、そんなことはなかった。とても、穏やかな風味である。

「気持ちが乱れたらハーブティー、っていうのも何だかお約束っぽいですけど、結構効き目があるでしょう」

言いながら青年は、泉実の向かいにあった上野さん専用の椅子を、別のテーブルの椅子と入れ替えた。

「お約束っていうのは、やっぱりそれなりに効き目があるんですよ。約束って、信頼関係があるから成り立つことですし」

青年は持ってきた椅子に座り、泉実に向き合う。

「悩みのお約束っていうと、誰かに話しちゃうことですよね。僕でよければ、話してみません？」

すぐに、うんとは言えなかった。全然自分の中で整理がついてないことだし、そもそも誰に話したこともない。全部、胸に秘め続けて来たのだ。

「――えっと、実は」

しかし、結局泉実は話すことにした。どうしてだろう。青年には、隠し立てしなくてもいい。そんな気持ちになれるのだ。

「大学入ってからずっと、何て言うか、無理してたんです」

大学デビューとまでは言わないが、それに近いところがあった。見た目も変え、生活習慣も変え、違う人間であるかのように振る舞っていたのだ。

「その時付き合っていた彼を、繋《つな》ぎ止めたくて」

青年は何も言わず、小さく頷《うなず》く。

宗之《むねゆき》と出会ったのは、高校一年生のことだった。それまで別のクラスで意識していなかったというか存在もよく知らなかったのだが、ふとしたきっかけで距離が近づいたのである。

特にロマンティックなものではない。むしろ相当バカバカしい部類に入る話だった。掃除の時間に廊下を歩いていたら、宗之が友人と箒《ほうき》で戦っているところに巻き込まれたのだ。

「何すんのよ」

さすがに泉実は怒った。何しろ、歩いていたら箒で頭をはたかれたのである。

「悪い、悪い」

しかも宗之は、あっけらかんとしていて反省の色も見えない。第一印象は最低レベルだった。

しかし、それをきっかけに宗之は何かと話しかけてくるようになった。最初のうちは煩わしく思っていた泉実だったが、宗之の屈託なさにだんだんと心を開くようになっていた。

宗之は、バスケットボール部のレギュラーだった。体育や部活の時間中、高い身長を生かして活躍する彼の姿は格好良くもあり、段々泉実は彼を意識するようになった。近しい存在の男性というと、父や年の離れた兄くらいだった泉実にとって、初めてかもしれない経験だった。

「男嫌い、とかそういうのじゃなかったんですけどね」

そう言って、苦笑する。今思うと、随分と奥手だった。

「お父さんや、お兄さんと何か？　ええと、折り合いが良くなかったとか？」

青年が、心配そうに訊《たず》ねてくる。

「いやあ、そんなんじゃないです。お父さんは、まあなんかよくいるぶっきらぼうな感じの人ですね」

口数は少ないし、喋ると短すぎて何が言いたいのかいまいち分からない。こっちが理解できないでいると、勝手にふてくされたりする。三十年遅く生まれてたらコミュ障とか言われていそうな人だが、そんなに嫌いではない。何だかんだで、優しい父だ。

「お兄ちゃんは、どうだろうなあ」

一方兄のことをどう思っていたかというと、結構複雑である。

「まあ、妹にありがちなことです。『お兄ちゃんばっかりずるい！』みたいな」

両親はいつも兄優先だった。少なくとも、泉実にとってはそうとしか思えなかった。泉実が学校で（大抵体育だが）いい結果を出しても、いまいち褒めてもらえなかった。一方兄は、何くれと構ってもらっているようだった。特に母は兄と比べるようなことさえ言った。今の母に対する無愛想さの一因は、その辺にあるのかもしれない。

「なるほど」

青年は、少し困ったような顔をしている。これはしまった。話さなくてもいいことまで話してしまった。世の中の妹は大体折り合いをつけるのだろうが、泉実はいまいち解決しきれないまま今に至っていたりする。その辺が、表に出てしまったのかもしれない。

「話の続きですけど」

泉実は話を戻す。この先はちょっと恥ずかしいけど、まあ仕方ない。


「なあ、好きなんだ。付き合ってくれないか」

――ある日、宗之は飾りも何もない素朴な告白を泉実にした。場所は下校途中の坂道だった。初秋の頃で、赤みがかった落ち葉が舞っていた。

「うん」

誰か通ったら恥ずかしいなあ、なんてことを気にしつつ、OKを出したのを泉実はよく覚えている。何だかんだ言って、嬉《うれ》しかったのだ。

それからは、互いの大会を応援したり、部活がない日にデートに行ったりした。そんなに都会でもないので、行く先は郊外のショッピングモールがいいところだったが、それでも泉実には十分楽しかった。

お気楽男なようで、宗之は思いやりを持ち合わせていた。毎朝寒さに震えながら朝練に向かう泉実のために、防寒具を買ってくれたのだ。

「これ、あげるよ」

やはり、渡してきたのは学校からの帰り道でのことだった。ショッピングモールのギフトラッピング。当時の彼にとって、精一杯のデコレーションだったのだろう。近くにあったバス停のベンチに並んで腰かけて、ラッピングを解いた。中から出てきたもの、それは――

「なるほど」

青年が頷く。

「それが、このマフラーだったんですね」

彼の手には、虫に食われたマフラーがあった。あの日からずっと、猫庵で預かってもらっている。話の途中で、カウンターの中から青年が出してきたのだ。

「はい」

泉実はマフラーを見つめた。いくつもの思い出が、揺らめくように浮かんでは消えていく。

「冬場は、毎日巻いてましたね」

感覚さえ、蘇《よみがえ》ってくる。マフラーの暖かみ、通学路の風の匂い。

「本当に、毎日でした」

そして——宗之の声。

二人は、同じ大学の別の学部を受験した。筝で戦うバスケ部員の割に成績が良かった宗之と異なり、脳味噌まで筋肉気味だった泉実は相当に苦戦したが、それでもどうにか合格し、揃って地元を出て下宿暮らしを始めることになった。

泉実は、まずアルバイトを始めた。高校では校則というザ・ローカルルールでアルバイトができなかったのだ。

一方、宗之はバスケットボールのサークルに入った。思えばここが最初のボタンの掛け違いだった。

宗之が入ったサークルは、ストイックにバスケットボールに打ち込むというより、バスケをだしに飲み会その他に明け暮れるタイプの集まりだった。宗之の画像SNSは、あっという間に「充実したキャンパスライフ」に侵食されていき、ボールが写り込むことさえなくなった。

宗之はどんどん垢抜《あかぬ》けていき、同時に彼の周りに何人もの女の子の影がちらつくようになった。バスケサークルと交流のある、他大学のサークルの女子達だ。

「大丈夫だよ。泉実が一番だから。他の女の子と泉実は全然違うから」

宗之は、よくそんなことを言ってきた。地元にいた頃よりもずっと喋《しゃべ》りは滑らかで、滑らかなだけに心に残らず滑り落ちていくばかりだった。

自分が可愛くなればいい。やがて、泉実はそう考えるようになった。田舎の山芋ではなくなれば、彼は目移りしないはずだ。

ファッション、メイク、ダイエット。ありとあらゆる努力を泉実は試みた。こんなところでも、負けず嫌いだったのだ。本当は、アルバイトに慣れてきたら実家に置きっぱなしの弓具一式を持ってきて、弓道をもう一度始めようかと考えていた。しかし、それどころではない。弓道は、格好良いと言われても可愛いとはあまり言われない。

弓を捨ててまで取り組んだ「努力」に、それなりの効果はあった。宗之は成果をいちいち褒めてくれて、少しだけ安心することができたのだ。——結局、上辺だけのことだったのだけれど。

数ヶ月前、夏の初めのことだ。バイトの帰り、泉実はふと会いたくなって宗之の部屋へ行った。マンションのすぐ近くで泉実が見たのは、宗之画像SNSで度々登場する背の低い女の子とが、ほとんど密着するようにして歩く姿だった。

「いやあ、飲み会の帰りに一緒になってさ。送ってたんだ」

声を掛けた泉実に、宗之は堂々とした態度でそう答えた。女の子は平然と泉実に挨拶《あいさつ》をして、そのまま帰っていった。

矛盾点はいくらでもあった。距離は近すぎたし、送っていたという割に泉実と出くわすなり別行動を始めるのもおかしな話だった。そもそも、今日飲み会とやらがあったということさえ泉実は知らされていなかった。しかし、ぺらぺらと宗之に言葉を並べ立てられ、

「俺のこと、信じてくれるよね？」

最後にそう言われ、泉実は首を縦に振るしかなかった。宗之のことが、好きだったから。

一度裏切られた相手を信じようとすることほど、不毛な行いはなかった。宗之は、バレバレの嘘をつくようになった。泉実が辻褄《つじつま》の合わなさを指摘しても、「あの時俺を信じるって言ったじゃん」と取り合わなくなった。泉実の心は、限界を迎えるまで踏みにじられ続けた。

八月の初め。遂《つい》に、泉実は別れを告げるメッセージを送ることにした。

『もう別れようか』

こんなメッセージアプリで別れを告げるなんていやだったけれど、仕方なかった。最近の宗之は「忙しい」といって電話にも出なくなっていたのだ。

宗之からは「恋愛って難しいよね。ピースがランダムで形を変えるパズルみたいだ」というポエムみたいなものが返ってきて、泉実は心底傷ついた。最後の最後まで、宗之は泉実のことを誤魔化せると、そう思っていることが分かったからだ。

しばらく泉実は、抜け殻のようになった。盆には帰って来いと母からせっつかれたが、とてもそんな気にはなれなかった。バイトもなかったので、盆休みはずっと横になってスマートフォンを触っていた。スマートフォンの中では、宗之が楽しい夏休みを謳歌《おうか》していた。傍には、あの女の子もいた——

「——もう、忘れてやろうと思ってるんですけどね。ついつい、気にしちゃってるみたいで」

もう一度、泣くかもしれないと思っていた。しかし、語り終えてみるとそこまでの激しさはなかった。どうしてなのだろう。

「なるほど」

青年はゆっくり頷《うなず》いてくれた。他に何を言うわけでもなかったが、しっかり聞いてくれたことはよく分かる。そのことが、嬉しかった。

どれだけ時間が経っただろう。泉実は、何となく編み棒を手に取った。店長が神速の技を披露し、そのまま置いて行ったものだ。

呼ばれた——というほど大げさなものではない。ただ、何か。自然に、編み進めたいと思ったのだ。

編み棒を動かし、編み目を作っていく。徐々に、心が穏やかになっていく。単純な作業の繰り返しは、気持ちもシンプルにしてくれるのだろうか。

編み目を一つ作るごとに、何かを外に出すような感覚がする。並んだ編み目から、何かが浮かび上がってくるようにも思えてくる――

「――えっ」

ふと我に返り、泉実は驚いた。今までにないほどに、編み進んでいる。

「いいですね」

青年が、褒めてきた。

「とても、集中できていたと思いますよ」

そう言われて、泉実は外から夕日が差し込んでいることに気づいた。季節的にも日が落ちるのは早くなっていく時期ではあるが、それにしても信じられない。まさしく、あっという間という感じだ。

「人と人との間に起こったことに、中々脇から口を挟めるものではありません」

青年が、ゆっくりと泉実に語りかけてくる。

「でも、僕は思うんですけど――」

「いやあ、いい汗をかいたわい」

青年の話が核心に触れようとしたところで、ばーんと扉が開いた。

「五十二勝五十一敗か。今日はわしの勝ちだな」

「七十番目には物言いがつくよ。猫が猫騙《だま》しを使うなんてずるいよ」

店長と上野さんが入ってくる。二人の話から察するに、ずっと相撲を取っていたようだ。

「お、小娘。随分進んでいるようではないか」

店長が、泉実の手元に目を止めた。

「どれ、見せてみい」

そしてテーブルの上に飛び上がると、編み物に目を近づけて見始める。一体、何を見ているのだろう。

「ふむ、なるほどな」

しばしまじまじと編み物を眺め回すと、店長は納得したように頷いた。何がなるほどなのだろう。

「時に小娘。結構な時間だが、用事などはないのか？」

編み物をテーブルに置くと、店長がそんなことを聞いてきた。用事。はて、何かあっただろうか――

「――あっ！」

悲鳴のような声が迸《ほとばし》った。バイトだ。そう言えば、今日はシフトが入っていたのだ。

テーブルの上に置きっぱなしだったスマートフォンで、時間を確認する。うん、極めてギリギリだ。

「あの、すいません。バイトがあって」

鞄《かばん》にスマートフォンと編み物を放り込むと、泉実は立ち上がった。

「今日は、本当にありがとうございました」

店を飛び出していく前に、青年に礼を言う。

「いえいえ。お気になさらず」

青年は、優しい笑顔で答えてくれた。

「小娘、一つ訊《たず》ねるが」

店長が、ふと口を開く。

「今編んでいるまふらぁが出来上がったら、これはどうする？」

店長の視線の先にあるのは、あのマフラーだった。テーブルの隅に、畳んで置かれている。

「そう、ですね」

――一瞬だけ、迷った。

「お任せします」

「そうか」

店長は、深く訊ねてこなかった。

「それじゃ、失礼します」

もう一度頭を下げると、泉実は店の出口に向かう。

——どうして、ああ答えたのか。自分でもよく分からない。気がつくと、そう言ってしまっていたのだ。

悔いはない。むしろ、すっきりしてさえいた。こんな気持ちは久しぶりだ。せいせいした、というのだろうか。重荷を、まとめて下ろしたような感じだ。

鞄を肩に掛け、泉実は走り出す。足元はスニーカー。地面を蹴《け》る一歩一歩ごとの感触が、ひどく頼もしい。忘れていた何かが、どんどん蘇《よみがえ》っていくようだ——


日が暮れきって、上野さんも帰った。猫庵《にゃあん》は店じまいを始める。ショーウインドーの照明を切り、出入り口の扉には「準備中」の札。青年は店の中をてきぱき掃除し、店長はカウンターの上で自分の毛をぺろぺろ繕う。

「童」

ふと、店長が青年に声を掛けた。

「答えを安易に教えようとするのはいかんぞ」

「ぎく」

テーブルを拭《ふ》いていた青年は、手を止めて固まる。

「一度目、『自分のままでいい』とあどばいすしたのは見逃してやった。しかし、もう一度というのは頂けぬな」

毛繕いをやめ、店長は青年にそう言った。

「――あ、盗み聞きですか。猫は耳が良いからって、そういうのよくないですよ」

青年が抗議がましい目でカウンターを振り返るが、

「人聞きの悪いことを言うな。たまたま聞こえてしまったのだ」

店長は悪びれた風もない。

「だって、あと一歩じゃないですか」

青年は、テーブル席の椅子に腰かけた。

「猫庵に来るようになって、あの子は変わったじゃないですか。本人は気づいていないでしょうけど。

無理して取り付けた上辺を外して、元の自分に戻り始めたんだと思います。服装も、よく食べるところも、元々のあの子らしさでしょう。あと一押しで、あの子は前へ進めます」

青年が、一生懸命喋る。客がいるときには見せないような、必死な姿だ。

「うむ」

店長は、ゆっくりと頷く。

「それはその通りだ。童が編み物を始めさせた理由を、小娘はほとんど掴《つか》みかけておった」

「でしょう？　なら――」

「答えは、自分で見つけるものだ」

店長の言葉に、青年はぐっと詰まる。

「人生という試験で『かんにんぐ』をしたら、いずれそのつけは自分に回ってくる。誰かに答えを教えてもらわないと、何もできない人間になってしまうぞ」

「――それは」

青年は、俯《うつむ》いてしまった。

「案ずるな。編み目を見れば分かる」

そんな青年に、店長は優しく語りかける。

「編み目には人柄が出るものだ。あの小娘の編み目は、とてもしっかりしていて力がある。立ち止まることはあっても、倒れ込むことはない」

「そう、でしょうか」

青年が顔を上げた。とても、心配そうな表情だ。

「うむ」

店長は、もう一度頷いてみせる。

「だから、わしらのやることはここまでだ。猫庵に貸せる手は、十分貸したということだ」

「――分かりました」

しばし考え込んでから、青年は椅子から立ち上がり、掃除を再開する。

「店長」

掃除を続けながら、青年が言う。

「任せてくれて、ありがとうございます。あの子のことを」

「ふふん」

店長は少し口元を緩めると、カウンターの上で丸くなった。


考えてみれば、一人暮らしを始めてから一度も帰省していなかった。久しぶりに地元の街並みを歩きながら、泉実はそんなことを考える。

それほど田舎ではない。自動車がないと少し不便するくらいだ。しかし、都会に出てから帰ってみると、やはり違いがあると感じる。建物の高さ、歩いている人の平均年齢、個人商店の存在感。そんなちょっとしたことの積み重ねなのだろう。

風が吹いた。晴れ渡った空から直接吹きつけてくる、放射冷却現象の申し子みたいな冬風である。しかし、泉実はもう寒くない。なぜなら、暖かいマフラーを首に巻いているからだ。色は、緑から青のグラデーション。自分で編んだ、マフラーだ。

——あの日、失恋の苦しみを話して以降。泉実は、猫庵に辿り着けなくなった。それまでは普通に通えていたのに、どうしても見つけられなくなったのだ。

猫庵は、消えてしまった。編みかけのマフラーだけを残して、まるで幻のように。

それからも泉実はマフラーと向かい合い、遂《つい》に編みきった。最後には「目を止める」という作業が必要で、ネットで検索して「初心者でも分かる!」みたいな動画を見ても中々分からず難儀したが、どうにかこうにか形にすることができた。

完成したマフラーを巻いてみて、泉実は理解した。マフラーを編もうと、あの青年が言ってくれたその意味を。

マフラーを直すよう頼む泉実を見て、青年は泉実が心のどこかで済んだことに執着していると気づいたのだろう。編み物をしようというのは、新しいマフラーを作ろうというのは、泉実へのメッセージだったのだ。新しい一歩を踏み出そうという、アドバイスだったのだ。

確かに、猫庵はお直し処だった。泉実の心の在り方を、直してくれたのだ——

何の変哲もない一軒家が、泉実の実家だ。玄関の鍵《かぎ》がかかっていないことは分かっているので、そのままドアを開けて入る。

「ただいま」

声を掛けると、泉実はスニーカーをぽいぽい脱いで家に上がった。

「はいはい、おかえり。あんた——」

とことこ小走りで現れた母が、泉実の姿を見るなり目を剝《む》く。

「おとうさん！」

勿論《もちろん》、泉実は母から見てお父さんではなく娘だ。つまりこの叫びは、帰ってきたばかりの泉実ではなく、居間でごろごろしているはずの父に向けたものなのだろう。

「なんだ、なんだ」

少ししてから、父がのそのそ出てきた。

「おあっ」

父も、泉実を見るなり激しく動揺する。

「なんなのよ」

父も母も、しばらく見ないうちに娘が垢抜《あかぬ》けたので驚いたとかそういう態度ではない。なにか、想像を絶するものに出くわしたかのような反応だ。

「ちょっと待ってなさい。いや、そこでなくてもいいから。こたつに入ってたらいいから」

ぱたぱた母が駆け出す。

「ああ、ああ」

父も、その後を追いかけていく。

「もう、何なのよ」

一人残され、泉実はむすっとした。もっとこう、普通に出迎えられたかった。

「まったく」

とはいえ、玄関で突っ立っていても仕方ない。泉実は居間へ向かった。

居間は和室である。こたつがあり、テレビがあり、仏壇があり、箪笥《たんす》がある。変わりない、我が家だ。

テレビに目を向けると、ワイドショーがついていた。年末だけあって、今年一年の出来事を振り返っている。考えてみると、今年の初めのうちはまだ高校生だったのである。なんだか、信じられない。

とりあえず、帰ってきたのだし仏壇に線香を上げよう。そう思ったところで、母がどたばたと現れる。

「やっぱり、やっぱりだわ」

どたばた戻ってきた母が、そんなことを言ってきた。母は、何やら箱を手にしていた。こちらにはあまり見覚えがない。

「何がやっぱりなの？」

「泉実は、これを見たことないよなあ」

後からやって来た父が、箱の中からものを取り出す。

「それ、は――」

泉実は息を呑《の》む。父が取り出したのは、編みかけのマフラーだった。色は、グリーンから青のグラデーション。泉実が編んだものと、全く同じだ。

「まさか」

一つの可能性に思い当たる。両親が、大事そうに保管しているものといえば。

「ええ」

母が、頷《うなず》いた。

「お兄ちゃんが、最後に作ろうとしていたものよ。――あんたのために」

啞然《あぜん》として、泉実は仏壇に目をやる。そこには、一人の少年の写真が飾られている。繊細に微笑む、華奢な少年。

呆然《ぼうぜん》としながら、泉実は仏壇の前に座った。少年の写真を見つめる。面影が重なる。ああ、どうして気づかなかったのか。この写真の少年が大人になれば、きっと――

――泉実の兄は、生まれつき難しい病気を持っていた。十五年あまりの人生の大半を、彼はベッドで過ごしていた。

両親が兄に構うのも、兄ばかり褒めるのもそれが理由だった。頭では仕方ないことだと理解していた泉実だったけれど、納得はできなかった。泉実だって、兄のように構われたかったし褒められたかった。

思えば、この時に負けず嫌いの性格が形成されたのかもしれない。相手にしてもらえないからって、負けるもんか。いつも泉実はそう自分に言い聞かせ、いつしか信念となったのだ。

「泉実はすごいな」

見舞いに来た泉実に、兄はいつもそう言ってきた。

「僕は、こういうことくらいしかできないしなあ」

そんなことを言う兄は、いつも何かを作っていた。折紙だったり、粘土だったり。兄の病室は、兄が作ったものでいっぱいだった。両親も親戚《しんせき》も大体手先が無器用な中で、彼は数少ない例外だったのだ。

ノリを使えば手がべたべたになり、はさみで紙を切ればどんどん斜めになっていく泉実からすると、嫌みのように感じられた。結局、兄には勝てないのだ——そんなことを言われている気にもなった。図工の時間に頑張ってみたが、結局克服できなかった。泉実にとって、頑張っても克服できなかった苦い思い出の一つだ。

「不思議なこともあるもんだねえ」

泉実たちはこたつを囲んでいた。線香の匂いが、ほのかに漂っている。

「あの子はねえ、あんたが冬に薄着で見舞いに来るのを気にしてたんだよ」

蜜柑《みかん》を剝きながら、母が言った。べりべりとばらばらに剝く、一番下手なむき方だ。まあ、偉そうなことは言えない。泉実のむき方も同じ流派である。

「そんなことも、あったかなあ」

曖昧《あいまい》だが、なんとなく記憶にある。

泉実の通っていた小学校では、子供は風の子という価値観に基づいて無闇矢鱈《やたら》と冬場の薄着を奨励していた。負けず嫌いな泉実はその方針をバカ正直に遵守し、真冬でもろくに上着も着ずにうろうろしていた。今思えば、体調を崩す兄とは違うという意識もあったのかもしれないが、兄はそんな泉実を気に掛けてくれていたらしい。

「で、『泉実が風邪を引かないか心配だ』って言い出してね。わたしは『バカは風邪引かないから大丈夫』って言ったんだけど、あの子聞かなくてねえ」

「ひどくないそれ」

泉実は抗議した。ずっと前のことだとしても、言っていいことと悪いことがある。

「冗談よ、冗談」

母が笑う。その声色、その笑みで、泉実は理解した。何だかんだ言って、母は泉実を大切にしてくれていたのだ。兄がいた時兄にかかりきりだったのは、それだけ大変だったということで、泉実を邪険に扱っていたわけではなかったのだ。

頻繁にかかってくる電話を思い返す。泉実がつっけんどんに振る舞っても、母はまったく懲りずに連絡を取ってくれる。その意味、その理由。

「頑張って編んでたけど、体調が悪くなってね。最後までは、ね」

ふと、母は痛ましそうな表情で黙り込んだ。

「『無理すると体にさわるからやめとけ』って言ったんだけどな。やめなかったな」

テレビを見ていた父が、そう付け加える。

――兄がこの世を去ったのは、年明けすぐのことだ。つまりは、そういうことだろう。

泉実の胸が、いっぱいになる。焼き餅《もち》ばかり焼いてくる泉実のことを、兄はずっと気に掛けてくれていた。この世を去るその日まで、ずっと。

――いや、違う。この世を去る日まで、ではない。兄は多分、きっと。

「お前、それ自分で編んだのか？」

父が、ちらりと泉実のマフラーを見ながら言う。

「そうだよ」

泉実はえへへんと答えてから、仏壇の方を見やった。

「教えてもらったの」

そう、教わったのだ。とても、大切なことを。

「ああ、お母さん。わたしの弓具と道着どこ？」

仏壇から視線を戻すと、泉実は母に訊《たず》ねた。

「あんたの部屋に置いてあるわよ？」

母が、きょとんとした様子で言ってくる。

「はーい」

泉実はこたつから出た。この暖かさは名残惜しいが、今すぐにやりたいことができたのだ。

泉実の部屋は、概《おおむ》ね出ていく前のままだった。何なのかよく分からない段ボール箱が増えているところが気になる。危険な兆候だ。二年三年と経つうちに、この段ボール箱は増殖して泉実の部屋を物置に変えてしまうかもしれない。

とはいえ、未来を懸念してばかりもいられない。現在泉実にはやるべきことがある。

部屋の壁に立て掛けている弓、矢筒や弓懸《ゆがけ》や胸当てなどの道具一式、そして弓道着。それら全てを部屋の床に並べ、スマートフォンを向けて撮影する。——あ。光の加減が上手《うま》く行かなかった。窓のカーテンを開けて、もう一回。よし。

まあまあな一枚が撮れたので、画像SNSにログインする。タイムラインを埋め尽くす年末パーティな画像どもには目もくれず、今撮った画像をアップロードする。

『来年の目標：復帰！』

添えるのは、そんなコメントだ。誰かに見せようというわけではない。誰かを見ているだけだった自分に区切りをつけるためだ。他の誰かに気に入られようと自分を装うのではなく、自分らしい自分の姿を発信するのだ。

――いや。やっぱり、見せたい相手はいるかもしれない。

もしどこかで、たとえば猫が経営する不思議なお店とかで兄が見守ってくれているとしたら、この姿を伝えたい。兄から教わったことを胸に秘めて、新しい一歩を踏み出そうとする、この姿を。

エピローグ

「ふぇっくしょい」

録画した時代劇を観ていた店長が、ふとくしゃみをした。

「おい童《わっぱ》、寒くないか」

「そうですか？」

青年が首を傾げる。

「店長はふかふか毛皮があるから寒くないでしょう。結構な長毛ですし」

そこまで言って、青年はあっと気づいたような顔をした。

「もしかして、ハゲ始めましたか？　季節の変わり目の度に、沢山抜けてますもんね。そろそろ生えてこなくなったとか」

「ぶ、無礼な！　えあこんの調子が悪いのだ！」

店長はじたばたと憤慨する。

「猫用のかつらってあるんですかね。というか、抜けた毛とっといた方がよかったかもしれませんね」

「かつらなどいらん！　ええいバカにしおって、もうよい！」

店長は、ぷいっとそっぽを向く。

「まあまあ、冗談ですよ。そう怒らないで」

青年がなだめるが、店長はそっぽを向き続ける。

「まったく、もう」

青年はふてくされた店長に歩み寄った。それでも、店長は振り返らない。尻尾《しっぽ》をふりふりしながら、テレビをじっと観ている。

「はい、どうぞ」

言って、青年は店長の首に何かを巻き付けた。

「むっ――」

「手本で途中まで作ったから、丁度良いやと思って完成させてみました」

それは、マフラーだった。緑から青色のグラデーションの毛糸。太さは猫にぴったりな程度に合わせられている。

「ふむ」

店長は大きな目を丸くした。

「どうですか？」

「ふむ」

「ふむ以外に言うことないんですか」

「ふむ」

「やれやれ。仕方ないなあ。じゃあ、倉庫の片付けしてきますね」

そう言って、青年は裏口から外に出ていった。

「――ふむ」

残された店長は目を細め、それから喉《のど》を鳴らした。

「ああ、そういえば」

出ていった青年が、また戻ってくる。

「うおっほん！」

すると、店長は大げさにむせた。

「ちょっと、風邪引いたんじゃないでしょうね。猫に風邪があるのかどうか知りませんけど」

青年が、困った様子を見せる。

「風邪などひいておらん」

それに対して、またそっぽを向く店長なのだった。

あとがき

皆様ごきげんよう。尼野《あまの》ゆたかです。なんとあとがきは1Pしかないので、謝辞をば。

担当編集のM崎様。一からしっかり組んで、作品を完成に導いて頂きました。出勤前に列に並んで頂いたり、ブラッシュアップに取り組んで頂いたり、感謝しております！

表紙イラストを描いて下さったおぷうの兄さん（おぷうのきょうだい）様。素晴らしい店長をありがとうございました。この存在感！　このふてぶてしさ！　この愛嬌《あいきょう》！　本編を読んで下さった方ならお分かり頂けるはず。これぞ猫庵の店長です！

各種手芸アドバイス、その他色々協力してくれたI本さん。I本さんの飼い猫のエージェント・コーマソン（勝手につけたあだ名）、そして家族と友人たちにも心から感謝を。

本になる過程、本として流通する過程に携わって下さったすべての皆様。そして勿論《もちろん》、この本を手に取って下さった読者の皆様。皆様すべてのおかげで、尼野ゆたかは初めて作家としていられます。どれだけお礼を申しても申し足りません。

ちなみに、劇中に登場するお菓子はすべて実在し、実際に尼野ゆたかが食べたものばかりです。どれも素晴らしく美味しいお菓子ですので、機会があれば是非ご賞味下さい。猫庵お墨付きということで！

二〇一八年　八月　吉日　　尼野　ゆたか